BIBLIOTHÈQUE MORALE

DE

LA JEUNESSE

PUBLIÉE

AVEC APPROBATION

LES ENFANTS

DU

NATURALISTE

PAR M. M***

ROUEN

MÉGARD ET Cᵉ LIBRAIRES-ÉDITEURS

—

1870

APPROBATION.

Les Ouvrages composant **LA BIBLIOTHÈQUE MORALE DE LA JEUNESSE** ont été revus et ADMIS par un Comité d'Ecclésiastiques nommé par SON ÉMINENCE MONSEIGNEUR LE CARDINAL-ARCHE-VÊQUE DE ROUEN.

AVIS DES ÉDITEURS

Les Éditeurs de la **Bibliothèque morale de la Jeunesse** ont pris tout à fait au sérieux le titre qu'ils ont choisi pour le donner à cette collection de bons livres. Ils regardent comme une obligation rigoureuse de ne rien négliger pour le justifier dans toute sa signification et toute son étendue.

Aucun livre ne sortira de leurs presses, pour entrer dans cette collection, qu'il n'ait été au préalable lu et examiné attentivement, non-seulement par les Éditeurs, mais encore par les personnes les plus compétentes et les plus éclairées. Pour cet examen, ils auront recours particulièrement à des Ecclésiastiques. C'est à eux, avant tout, qu'est confié le salut de l'Enfance, et, plus que qui que ce soit, ils sont capables de découvrir ce qui, le moins du monde, pourrait offrir quelque danger dans les publications destinées spécialement à la Jeunesse chrétienne.

Aussi tous les Ouvrages composant la **Bibliothèque morale de la Jeunesse** sont-ils revus et approuvés par un Comité d'Ecclésiastiques nommé à cet effet par Son Éminence Monseigneur le Cardinal-Archevêque de Rouen. C'est assez dire que les écoles et les familles chrétiennes trouveront dans notre collection toutes les garanties désirables et que nous ferons tout pour justifier et accroître la confiance dont elle est déjà l'objet.

LES ENFANTS

DU NATURALISTE

La maison de M. de Baledent est située dans une petite ville de la Normandie. Elle est précédée d'un jardin où viennent en abondance, grâce à une culture soignée, des plantes de toutes espèces. La façade est entièrement couverte de rosiers et de lierres, qui, grimpant jusqu'au sommet, entourent chaque fenêtre d'une guirlande de verdure.

Au premier étage, et parfaitement exposé, est le cabinet de travail de M. de Baledent. Là il passe toutes ses journées et une partie de ses nuits. Chercheur infatigable et d'un savoir très-profond, jamais l'ennui ne pénètre jusqu'à lui :

la nature est si vaste et son étude présente un si vif attrait.

Veuf depuis plusieurs années, il ne reste à M. de Baledent que deux enfants, objet de toute sa sollicitude : un jeune homme de dix-neuf ans et une jeune fille de seize ans, déjà maîtresse de maison, et qui s'entend parfaitement à tous les soins du ménage.

Nous sommes au 15 août, et Marguerite (c'est le nom de la jeune fille), accompagnée de son père, se dirige vers la gare du chemin de fer, dansant de joie de revoir dans quelques instants son frère, qu'elle aime beaucoup.

Il ne se fit point attendre ; et le voyageur qui le premier mit pied à terre, ce fut Émile, qui s'élança aussitôt dans les bras de son père et au cou de sa sœur, leur montrant les prix qu'il venait d'obtenir.

On rentra dîner à la maison, et, pendant le repas, on s'entretint de ce que l'on ferait pendant les vacances.

— Tu m'avais promis, dit Émile à son père, si je te rapportais des prix, de me faire travailler avec toi dans ton cabinet, et de m'apprendre, durant nos promenades, mille anecdotes intéressantes sur les plantes ou les insectes que nous rencontrerions.

— C'est vrai, reprit M. de Baledent, enchanté de cette demande ; et bien que la goutte dont je suis atteint me rende la marche fort pénible, je

tiendrai ma promesse. Tiens, Émile, regarde
cette fenêtre ; quelques plantes seulement, placées sur le balcon, frappent la vue et attirent ton
attention ; mais tu ne te doutes point qu'en un si
petit espace puissent être concentrées bien des
choses curieuses. Eh bien ! si tu le veux, nous
emploierons toutes nos vacances à parler de cette
fenêtre, et je te promets que nous serons loin
d'avoir épuisé le sujet.

— Vraiment, père, tu nous parlerais si longtemps sur une fenêtre ? Oh ! veux-tu que j'écoute
aussi ce que tu diras à Émile ? Je te promets d'être
bien attentive.

— Certainement, mon enfant ; ta demande me
fait même grand plaisir, et je te promets, en retour, de t'apprendre mille anecdotes intéressantes. Les fenêtres fleuries étaient le signe auquel
on reconnaissait à Londres les Français réfugiés
après la révocation de l'édit de Nantes. C'est, en
effet, un des traits caractéristiques de notre nation. Doués plus qu'aucun autre peuple du génie
social, nous n'en sommes pas moins les vrais fils
des champs. D'autres nations ont fait de la nature
un art spécial, développé seulement par certains
côtés ; c'est à la France qu'il est réservé de le dé-
velopper dans toutes ses parties et d'en faire le
premier des beaux-arts. Les Anglais cultivent les
végétaux et les bestiaux, pour satisfaire leur glou-
tonnerie ; chez nous, animaux et plantes mêmes
sont de la famille. Pour le pauvre travailleur, un

1.

jardinet au bout de la maison; des fleurs sur la fenêtre; quels trésors! Quels soins ne prodigue t-il pas à son pot d'œillets et à sa capucine? Il voit le soleil, de trente millions de lieues, envoyer ses rayons à la fleur qu'il aime; et tout en gagnant le pain de sa famille, il bénit Dieu de répandre sans distinction ses bienfaits aussi bien dans la mansarde du pauvre que dans le palais des rois.

I.

Des Animalcules aquatiques. — Des Métamorphoses des Insectes. — Du Puceron.

Le lendemain, l'heure du rendez-vous était à peine sonnée, que déjà nos deux enfants mettaient de côté leurs jeux pour monter au cabinet de leur père.

M. de Baledent était en train de faire des recherches microscopiques et son instrument attira naturellement la curiosité des enfants, qui voulurent également voir ce que leur père regardait.

— C'est avec ce microscope que je vous ferai voir, mes enfants, bien des choses dont vos yeux de quinze ans ne sauraient même pas soupçon-

ner l'existence. Le bon Dieu a concentré dans des
êtres d'une petitesse extrême tout autant de merveilles que dans ces magnifiques animaux ou ces
plantes gigantesques qui frappent vos yeux d'admiration. Vous ne vous étonnerez plus alors, si je
vous dis qu'un savant illustre, que vous apprendrez à connaître, Swammerdam, recula d'épou-
vante lorsque la découverte du microscope lui
permit de l'appliquer à l'examen des insectes, ce
monde de mystères et de ténèbres.

— J'ai toujours désiré savoir, reprit Émile,
le nom de tous les insectes que je rencon-
trais.

— Le nom de tous les insectes ! dit M. de Baledent. On en compte plus de soixante mille espèces,
et je ne débuterai point par là ; cette énuméra-
tion sèche et aride n'aurait, au reste, pour effet
que de vous ennuyer passablement.

— Soixante mille espèces ! répétèrent Émile
et sa sœur en se regardant stupéfaits.

— Oui, mes enfants ; mais comme la science
des noms n'est qu'accessoire, je ne commencerai
point par là, si vous le permettez.

« J'ai toujours eu un jardin à ma disposition,
me disait un jour un de mes amis, et je m'en
suis trouvé si bien, que souvent je me suis dit
qu'un jardin était indispensable à l'éducation
d'un jeune homme. Il est bon que l'enfant voie et
touche la nature dans sa réalité, avant de l'étudier dans les livres ; mieux que tout autre livre,

elle lui révèlera l'existence et la majesté du Créateur. »

Un Père de l'Église, saint Bernard, avouait qu'il n'avait eu d'autres maîtres que les chênes et les hêtres.

Et combien d'autres se formèrent à la même école !

Le pauvre potier de terre Bernard Palissy disait : « Je n'ai pas trouvé de plus grande délectation en ce monde que d'avoir un beau jardin. »

Si chaque plante prise isolément confond notre imagination, que dire de l'ensemble du règne végétal ?

Dieu en a fait la parure du globe ; c'est lui qui donne leur aspect aux différents pays.

Et quelle richesse ! quelle variété ! quelle abondance merveilleuse ! Que sont les animaux sur la terre, comme embellissement, au prix de ce nombre incroyable de végétaux partout verdoyants ?

Croyez-moi, mes enfants, plus vous pénétrerez les mystères de la vie, les œuvres sublimes de la création, et plus vous vous verrez invinciblement entraînés à les approfondir davantage, et plus aussi votre esprit se sentira porté à admirer le souverain ordonnateur de toutes choses.

ÉMILE. — Il me semble, en effet, mon père, me rappeler que tu nous disais toujours que les grands naturalistes avaient été des hommes religieux.

M. DE BALEDENT. — Toujours en face des œuvres de Dieu, en peut-il être autrement? Malgré le voile épais qu'il s'est plu à interposer entre l'homme et lui, le Créateur se laisse parfois entrevoir, et c'est le naturaliste qui a le pouvoir de l'approcher de plus près.

Et notez bien, mes enfants, qu'il n'est pas besoin de vastes parterres de fleurs ou de forêts majestueuses pour exciter notre intérêt, notre admiration.

Vous rappelez-vous ce que nous racontait, l'autre jour, l'ami qui dîna avec nous? « Le jardin dans lequel je passai mes premières années, nous disait-il, d'une étendue fort restreinte, était très-retiré, très-solitaire. De grands murs l'entouraient, tapissés de vignes que, par bonheur, on ne taillait presque jamais. Je passais là, ajoutait-il, des journées entières à planter et déplanter, à regarder croître mes plantes. Les premières que je remarquai, que j'aimai d'un véritable amour, furent un rosier du Bengale et un lis blanc. Souvent je m'asseyais entre mes deux préférées, et tantôt avec l'une, tantôt avec l'autre, je faisais les plus étonnants dialogues. Je les sentais si bien vivre avec moi d'une vie commune, que volontiers je les aurais appelées sœurs, comme faisait un anachorète dans son désert : *Soror, amica mea, cicada!...* (O ma sœur la cigale !) On me voyait pleurer, lorsqu'il arrivait quelque accident à mes fleurs. Je n'ai battu qu'une seule personne en ma vie : ce fut une petite fille (je me le reproche bien), laquelle m'arracha, au moment où il allait fleurir, un pois-fleur que j'avais semé de ma main et cultivé avec des soins que vous ne croiriez point. Je l'élevais dans un pot, et il ne me quittait en aucune circonstance. Aux repas, je le posais près de moi ; et lorsque j'apercevais quelque part un rayon de soleil, aussitôt j'y portais mon pois. Les enfants du voisinage se moquaient de moi ; mais que m'importait, pourvu que mon pois vécût ? J'entrais dans le ravissement, dans l'extase, dans des rêves sans fin, lorsque je venais à considérer qu'une si jolie plante était venue d'un petit grain noir, tout sec, mis dans un peu de terre. Ce qui vous étonnera peut-être beaucoup, c'est que, dans mon enthousiasme à ce spectacle de la végétation, je crus que toute chose poussait de la même manière. Je n'avais pas fait encore la distinction des trois règnes. Je dis *fait*, car on ne me l'a point apprise, j'y suis arrivé moi-même. »

Vous vous rappelez certainement, mes enfants, l'histoire que notre ami nous raconta à ce sujet :

« Un jour que l'on avait chez nous mangé de l'alose, ce poisson m'ayant paru excellent, j'en recueillis les arêtes et couru les planter dans mon jardin. Je les arrosais soir et matin ; mais, hélas ! rien ne poussait. Après avoir attendu longtemps avec une patience admirable, je les déterrai. Que trouvai-je? L'histoire ayant été sue, on se moqua de moi; je vis bien alors que certaines choses *poussaient*, se formaient, naissaient autrement que les plantes. »

Un autre jour, vous savez qu'il s'avisa de planter des cailloux.

« Cela vous fera rire, nous dit-il. Quoi de plus naturel? Ému de ce grand et insondable mystère de la naissance des êtres, je demandais le secret de son existence à toute créature. Je suis convaincu que les premiers chercheurs, les premiers savants ont fait des expériences qui paraîtraient à nos savants actuels aussi primitives que celle de planter des cailloux. »

Vous voyez, mes enfants, combien l'étude attentive des œuvres de Dieu peut présenter d'attrait à un enfant; mais vous ne vous doutez point des moments de bonheur qu'elle procure aux hommes instruits qui ont parfois soulevé le voile qui cachait aux autres quelque merveille. C'est ainsi, par d'infatigables recherches, que se sont faites toutes les grandes découvertes.

MARGUERITE. — Mais, père, rappelle-nous donc ce que nous disait encore en dînant notre ami Eugène sur les baquets qu'il plaçait sous la gouttière d'un toit.

M. DE BALEDENT. — Très-bien, Marguerite, je vois que tu as été attentive à sa conversation, et qu'il t'en est resté quelque souvenir. Je me hâte de satisfaire à ton désir.

« Un de mes premiers soins, dans mon enfance, nous disait-il, c'était d'avoir dans mon jardin, sous la gouttière d'un toit, des baquets toujours pleins d'eau. Je restais là, devant, des heures en contemplation, tâchant de pénétrer l'origine des petits vers que l'on voit, dans les eaux croupissantes, se tenir la tête en bas, et se précipiter au fond par brusques secousses, dès que quelque chose les effraie. J'avoue que je ne pus arriver seul à cette découverte, et c'est beaucoup plus tard que j'appris que ces animalcules aquatiques sont les embryons ou larves d'insectes aériens. Ces vers deviendront des *cousins*. Ce qui est merveilleux dans la vie de cet insecte, c'est le moment où, devenu nymphe, il brise sa coque et sort de l'eau. La coque nage légèrement, l'insecte la déchire, l'ouvre et en forme un petit batelet, au milieu duquel il s'élève debout, servant de mât, de voile, de pilote et de passager à cette embarcation fragile. Il lui faut, pour le pousser au rivage, un peu de vent ; si la brise souffle trop fort, l'équipage chavire, et l'insecte périt au moment où il allait atteindre la plus belle partie de son existence. »

M. DE BALEDENT. — Nouveau mystère pour vous, mes enfants, que ces métamorphoses que subissent les insectes. Chacun d'eux, en effet, passe par deux états primitifs, avant de revêtir cette forme définitive qui fait de lui un animal parfait.

Le premier état est celui de ver. En sortant de l'œuf, l'insecte, quel qu'il soit, a la forme d'un ver ; il prend ensuite celle de *larve,* première métamorphose. Ainsi, la chenille est la larve qui sort de la peau du ver contenu dans l'œuf du papillon. Après un temps quelquefois assez long, la larve se métamorphose en *nymphe :* troisième état et seconde métamorphose ; la *chrysalide* est la nymphe de la larve appelée chenille. Dans cet état, la chenille, comme emmaillottée d'une peau assez dure, ne bouge pas, ne mange pas. Qui dit *nymphe*, dit, pour presque tous les insectes, immobilité, repos complet, abstinence de toute nourriture solide ou liquide. Pendant que l'insecte demeure ainsi emmaillotté, s'opèrent à la fois et le grand changement de forme extérieure, qui va lui donner des pattes, des ailes, à lui que, dans son état de larve, on a vu ramper ou nager, et le grand changement intérieur, qui substituera souvent des stigmates aux branchies, et toujours des yeux à réseaux aux yeux lisses.

ÉMILE. — C'est avec ton microscope que tu nous montreras toutes ces merveilles invisibles à l'œil nu ? Quelle belle découverte que celle de cet instrument ! Qui donc, père, l'a inventé ?

M. DE BALEDENT. — Un naturaliste fort célèbre de Delft, Leuwenhœk, qui fabriqua lui-même des microscopes d'une rare perfection, à l'aide desquels il put faire de curieuses observations. Il vivait au xviie siècle. Mais les premiers savants qui se soient servis avec le plus de succès du nouvel instrument sont Swammerdam, qui a laissé une remarquable *Histoire des insectes*, et Spallanzani, qui a fait un grand nombre d'observations microscopiques.

MARGUERITE. — Ce que je voudrais voir au microscope, c'est cette infinité de petits animaux qu'on dit exister dans chaque goutte d'eau.

M. DE BALEDENT. — Rien de plus facile, mon enfant. Tu y verras des animaux qui changent de forme à tout instant, et auxquels on a donné, pour cela, le nom de *protées*. Tu y verras de petites plantes, presque imperceptibles d'abord, croître et s'élever peu à peu, semblables à des mousses. Devenues grandes et prêtes à fleurir, ce semble, on les voit s'agiter un peu, puis davantage, et enfin elles se mettent à exécuter entre elles des danses merveilleuses, s'allongeant, s'accourcissant, faisant les plus risibles révérences, jusqu'à ce que peu à peu elles se détachent de leur racine ; et on découvre maintenant qu'elles sont devenues des animaux qui nagent et mangent.

Sans descendre jusqu'aux infusoires, on trouve dans notre monde quelque chose de semblable.

Vous connaissez tous les deux les pucerons, vous en avez vu cent fois ; les branches du rosier et du chèvrefeuille de notre fenêtre en sont entièrement couvertes. Ce que vous ne savez peut-être pas, c'est que cet insecte ne semble avoir été

créé que pour être mangé. C'est son rôle, c'est sa
spécialité, et jamais destinée ne fut acceptée avec
une plus admirable placidité. Le puceron ne
frissonne même pas à l'approche de son destructeur, destructeur terrible auquel rien dans la
nature ne peut être comparé ; il a deux bouches
horribles de grandeur et toujours occupées. Cela
ne lui suffit pas : il lui faut faire parade de sa
cruauté. Pour cela, il porte une épée d'une longueur effroyable, à laquelle il enfile les peaux de
tous les malheureux qu'il a sucés, et vous le
voyez, ainsi chargé, errer triomphalement parmi
les pucerons. Ceux-ci, en le voyant, se hâtent
sagement de propager leur espèce ; car en peu de
temps ils seraient tous détruits, et la nature veut
qu'ils soient répandus en quantités formidables
sur les plantes. La Providence leur a fourni pour
cela un moyen expéditif inconnu aux autres animaux. Ce terrible ennemi des pucerons pond un
œuf que vous prendriez pour une petite plante ;
et vous y seriez trompés d'autant plus facilement
que vous le verriez croître et que vous verriez
s'y former un petit bouton semblable tout à fait
au bouton d'une fleur ; ce bouton éclôt, et il en
sort l'insecte ravageur.

ÉMILE. — C'est vraiment étonnant que tant de
choses aient été données à des animaux aussi petits !

MARGUERITE. — On dirait qu'ils sont plus perfectionnés même que les gros animaux.

M. DE BALEDENT. — Si vous connaissiez, mes enfants, les innombrables merveilles dont est le théâtre chacun des animaux que vous rencontrez, vous verriez que si Dieu, dans son immensité a tenu fort peu de compte des dimensions, il a, dans sa puissance et sa bonté, doté sans parcimonie chacune des créatures sorties de ses mains, d'une infinité d'organes tous plus surprenants et plus intéressants les uns que les autres.

MARGUERITE. — L'homme, papa, diffère-t-il beaucoup des autres animaux ?

M. DE BALEDENT. — Corporellement, mon enfant, il y a peu de différence ; certains animaux même possèdent des organes plus perfectionnés que les siens ; ce n'est donc pas dans la matière que réside cette supériorité qui fait de lui le chef-d'œuvre de la création ; c'est l'esprit, l'âme, qui met entre lui et la bête une barrière infranchissable et qui le fait s'approcher plus près de Dieu, à l'image duquel il a été créé.

II

De la tulipe.

Approchons-nous de la fenêtre et profitons de la floraison de notre tulipe pour en raconter l'histoire.

Chacune des plantes qui vont s'offrir à nos yeux fait partie d'un groupe d'autres plantes qui, à part quelques traits particuliers, présentent toutes un certain air de parenté qui les isole du reste du monde végétal et les a fait réunir par les botanistes sous le nom gracieux de *familles*.

Les tulipes appartiennent à une famille dont le lis forme le type et qui, pour cette raison, a reçu le nom de *liliacées*. La douce haleine du

printemps épanouit le calice des tulipes, et ces
brillantes fleurs charment les yeux par les rideaux
diaprés de mille couleurs qu'elles forment au sein
de nos jardins.

Plongé dans l'extase, l'amateur en admire la
vivacité ; il les voit naître avec l'aurore et suc-
comber sous les ardeurs du midi ; mais sa pensée
fugitive ignore le mystère de leur existence ; et
dans ces fleurs dont les panneaux s'étalent ou se
flétrissent, rien ne lui révèle la puissance de la
vie.

La tulipe est la plante chérie des Orientaux ;
l'époque de son épanouissement donne chez eux
le signal des plaisirs ; le Grand Seigneur célèbre
la *fête des tulipes* avec une magnificence extraordinaire ; aussitôt que ces fleurs ont diapré la surface des jardins, on décore l'intérieur du palais
avec des draperies où l'or étincelle ; on apporte
de tous côtés les plus belles tulipes et on les
place sur des gradins, devant de nombreuses
glaces, qui réfléchissent et multiplient leur image ;
des candélabres enrichis de nacre et de cristal
répandent une lumière éblouissante sur les riches
parures des odalisques. L'éclat qui résulte de
l'alliance de l'art et de la nature, la musique qui
se fait entendre, tout donne à cette cérémonie un
charme inexprimable.

La belle tulipe, dont les innombrables variétés
embellissent nos parterres et dont vous avez devant les yeux un échantillon, a d'abord été ob-

servée par Conrad Gesner dans un jardin d'Augs-
bourg ; elle provenait de Constantinople ; aussi,
dans l'origine, pensa-t-on qu'elle était indigène
de l'Orient ; ce ne fut que dans des temps posté-
rieurs qu'on la trouva décorant les pelouses
agrestes et solitaires de la France méridionale.

Les plus grands hommes trouvèrent souvent
leurs plaisirs dans la culture des fleurs. Condé,
vieilli et couvert de lauriers, en soignait pour se
distraire dans sa retraite de Chantilly. René d'An-
jou, exilé de ses palais, oubliait la pourpre
royale en élevant ses œillets sous le beau ciel de
la Provence. Si aucun personnage remarquable
n'illustra les tulipes par son goût pour elles, la
multitude au moins leur a constamment accordé
son hommage. Peu de temps après que la culture
de leur bulbe se fut propagée en Europe, elle de-
vinrent un objet de modes, et certains amateurs
poussèrent presque jusqu'au délire leur amour
pour ces plantes : de là l'expression proverbiale
de *fou tulipier*.

Je viens de vous citer là, mes enfants, plusieurs
noms inconnus certainement à notre bonne Marguerite, mais que j'ai cités à l'intention d'Émile,
qui, revenu avec un prix d'histoire, n'y est point
tout à fait étranger.

Ce ne sera sans doute pas sans étonnement que
vous apprendrez que certains amateurs de tulipes
les estiment à des prix exorbitants. A Lille, un
particulier sacrifia une partie de sa fortune à

l'acquisition de l'une de ces frêles plantes. On montre dans cette ville une brasserie qui fut donnée en échange d'un de leurs ognons; et cet établissement, par le nom de *Brasserie de la Tulipe* qu'il porte encore aujourd'hui, atteste la folie de son ancien propriétaire. Quoique, de nos jours, le goût des plantes bulbeuses soit bien moins exclusif, quelques amateurs paient encore certaines variétés jusqu'à 12 ou 15,000 fr.; et cependant ces fleurs passagères ne durent que dix à douze jours.

A cette occasion, mes enfants, je vais, pour vous divertir, vous faire lire une histoire due à l'un des écrivains les plus spirituels de notre temps.

—Marguerite, prends sur mon bureau ce grand volume jaune, et c'est toi qui vas nous faire la lecture. Ouvre-le à la page 366, et nous t'écoutons:

. . . .

Le maître des tulipes mit un doigt sur sa bouche, comme eût fait Harpocrate, le dieu du silence; puis il dit:

—Voyez quelle magnificence de coloris, quelle forme, quels onglets, quelle tenue, quelle pureté de dessin, quelle netteté dans les stries! Comme c'est découpé! comme c'est proportionné! C'est une tulipe sans défauts.

— Et vous l'appelez?

— Chut!... C'est une tulipe qui à elle seule

3

vaut tout le reste de ma collection. Il n'y en a
que deux au monde, messieurs.

— Mais son nom ?

— Chut !... Son nom..., je ne puis le prononcer sans forfaire à l'honneur... Je serais fier et
bien heureux de dire son nom, de le dire à haute
voix, de l'écrire en lettres d'or au-dessus de sa
magnifique corolle ; c'est un nom connu et respecté....

— Pardon, monsieur, je n'insiste pas ; cela me
paraît tenir à la politique. Peut-être est-ce le nom
de quelque fameux proscrit. Je ne veux pas me
compromettre.... D'ailleurs, nous ne partageons
pas peut-être les mêmes opinions....

— Nullement, monsieur ; ce nom n'a rien de
politique ; mais j'ai juré sur l'honneur de ne pas
la faire voir sous *son vrai nom ;* elle est ici *incognito,* sous l'incognito le plus sévère ; peut-être
même en ai-je trop dit.... Mais avec tout le
monde, avec les gens pour qui je n'ai pas l'estime
que vous m'inspirez, je ne vais pas aussi loin ; je
n'avoue même pas que c'est une tulipe, la reine
des tulipes ; je passe devant avec indifférence,
une indifférence jouée, comprenez bien ; je la
désigne sous le nom de *Rébecca ;* mais ce n'est
pas son nom.

Les amateurs partirent, et moi avec eux ; mais
je retournai le lendemain, et je lui dis :

— Mais enfin, c'est donc un mystère bien terrible ?

— Vous allez en juger. Cette tulipe...., que nous continuerons à appeler Rébecca, était en la possession d'un homme qui l'avait payée fort cher, surtout parce que, sachant qu'il y en avait une autre en Hollande, il était allé l'acheter et l'avait écrasée sous les pieds pour rendre la sienne unique. Tous les ans, elle excitait l'envie des nombreux amateurs qui vont voir sa collection ; tous les ans il avait soin de détruire les caïeux qui se formaient autour de l'ognon et qui auraient pu la reproduire. Pour moi, monsieur, je n'ose pas vous dire tout ce que je lui avais offert pour un de ces caïeux qu'il pile tous les ans dans un mortier. J'aurais engagé mon bien, compromis l'avenir de mes enfants. Je ne regardais plus ma collection ; mes plus belles tulipes ne pouvaient me consoler de ne pas avoir celle.... celle que je ne dois pas nommer. En vain mon ami, — dois-je appeler ainsi un homme qui me laissait dépérir sans pitié ? — en vain mon ami me disait : « Venez la voir tant que vous voudrez. » J'y allais, je m'asseyais devant des heures entières ; on ne me laissait jamais seul avec elle ; on eût craint sans doute ma passion. En effet, je l'aurais peut-être volée ; je l'aurais peut-être arrosée d'une substance délétère, pour la faire périr ; au moins elle n'aurait plus existé, et je n'aurais pas eu de remords ... J'arrivai à un tel état de désespoir, qu'une année je ne plantai pas mes tulipes, mes chères tulipes. Mon jardi-

nier eut pitié d'elles et peut-être de moi, et le
rustre — je le lui pardonne, car il les a sauvées
— les planta au hasard, dans une terre vulgaire.

— Mais enfin, comment avez-vous eu cette
tulipe ?

— Voilà la chose... J'ai fait voler un caïeu
par le neveu du propriétaire.... Ce neveu, qui
attend tout de son oncle, lequel est fort riche,
l'aide à planter et à déplanter ses tulipes, et af-
fecte pour ces plantes une admiration qu'il n'a
pas, le malheureux ! mais sans laquelle son oncle
ne supporterait pas même sa présence. L'oncle
est riche ; mais il n'est pas d'avis que les jeunes
gens aient beaucoup d'argent.... Le neveu avait
contracté une dette qui le tourmentait beau
coup.... Son créancier le menaçait de faire sa
réclamation à son oncle. Il s'adressa à moi et me
supplia de le tirer d'embarras. Je fus cruel,
monsieur ; je refusai net. Je me plus à lui exa-
gérer la colère où serait son oncle, quand il aurait appris l'incartade. Je le désespérai bien :
puis je lui dit : « Cependant, si tu veux, je te
donnerai l'argent dont tu as besoin. — Oh ! s'é-
cria-t-il, vous me sauvez la vie. — Oui, mais à
une condition. — A mille, si vous voulez. — Non,
une seule. Tu me donneras un caïeu de la tulipe
en question. » Il recula d'horreur à cette propo-
sition. « Mon oncle me chassera, s'écria-t-il, me
chassera et me déshéritera. — Oui, mais il ne

saura pas ; tandis qu'il saura certainement que
tu as fait des dettes. — Mais s'il le savait jamais !
— A moins que tu ne le lui dises. — Mais vous.... »
— Enfin, je pressai, j'effrayai le malheureux jeune
homme ; il promit de me donner un caïeu, quand
on déplanterait les tulipes ; mais il exigea mon
serment sur l'honneur de ne jamais nommer....
celle que j'appelle Rébecca, à personne, et de
lui donner un autre nom jusqu'à la mort de son
oncle. En échange de sa promesse, je lui donnai
l'argent dont il avait besoin. Depuis, nous avons
tenu tous deux notre serment ; j'ai eu la tulipe
et je ne l'ai nommée à personne. La première
fois qu'elle a fleuri ici, chez moi, étant à moi,
l'oncle est venu voir mes tulipes. C'est une poli-
tesse qu'on échange, comme vous savez, entre
amateurs. Il l'a regardée et a pâli. « Comment
appelez-vous ceci ? » m'a-t-il dit d'une voix alté-
rée. Ah ! monsieur, je pouvais lui rendre tout ce
qu'il m'avait fait souffrir ! Je pouvais lui dire....
le nom que vous ne savez pas.... Je me suis rappelé ma promesse, ma promesse sur l'honneur ;
et le neveu était là, il me regardait avec angoisse, et j'ai dit : Rébecca. Cependant, il trouvait bien quelque ressemblance avec sa tulipe ;
aussi il est resté préoccupé ; il a beaucoup loué
le reste de ma collection, et n'a rien dit de celle
qui est la perle et le diamant de ma collection.
Il est revenu le lendemain ; puis le surlendemain,
puis tous les jours qu'elle a été en fleur ; puis il

a réussi à se tromper lui-même ; il a cru voir
entre Rébecca et…. l'autre.,.. des différences
imaginaires. Alors seulement il a dit : « Ell· ressemble un peu à…. vous savez. » Eh bien ! monsieur, j'ai aujourd'hui la tulipe que j'ai tant dé-
sirée, et je ne suis pas heureux. A quoi cela me
sert-il, puisque je ne puis le dire à personne ?
Quelques amateurs, forts, la reconnaissent à
peu près ; mais je suis forcé de nier ; et je n'en
rencontre pas un assez sûr de lui pour me dire :
« Vous êtes un menteur. » Je souffre tous les
jours d'affreux tourments ; j'entends ici faire l'é-
loge de la tulipe que j'ai comme lui. Quand je
suis seul, je m'en régale, je l'appelle de son
vrai nom, auquel je joins les épithètes les plus
tendres et les plus magnifiques. L'autre jour, j'ai
eu un peu de plaisir ; je l'ai prononcé, ce nom,
ce nom mystérieux, tout haut à un homme. Mais
je n'ai pas manqué à mon serment : cet homme
est sourd à ne pas entendre le canon. Eh bien !
cela m'a un peu soulagé ; mais c'est incomplet.
On ne sait pas que je l'ai, *elle*…. Tenez…., ayez
pitié de moi ; mon serment me pèse ; jurez-moi
sur l'honneur, à votre tour, de ne pas répéter
ce que je vais vous dire…. Je vous dirai alors
son vrai nom, le vrai nom de Rébecca. Votre
serment à vous ne sera pas difficile à tenir ; vous
n'aurez pas à lutter comme moi. Monsieur, c'est
affreux, mais je désire que cet homme soit
mort, pour dire tout haut que j'ai…. Tenez,

faites-moi le serment que je vous demande.

J'eus pitié de lui, et je lui promis solennelle-ment de ne pas répéter le nom de la fameuse tulipe.

Alors, avec une expression d'orgueil intradui-sible, il toucha la plante de sa baguette, et me dit : Voici...

Mais, à mon tour, je suis engagé par un ser-ment, je ne puis dire le nom qu'il fut si heureux de prononcer.

— Ce récit vous prouve, mes enfants, reprit M. de Baledent, combien près du délire est le cerveau de ces amateurs dont tout l'orgueil con-siste à posséder ce que n'ont pas les autres. J'en ai connu beaucoup comme cela ; gardez-vous bien de les imiter jamais.

Marguerite joignit ses instances à celles de son frère pour que leur père commençât un autre sujet ; mais craignant de fatiguer leur attention, M. de Baledent se leva en disant :

— Je suis content de vous, mes enfants ; et puisque vous désirez si vivement de continuer nos entretiens, nous reprendrons dès demain un autre sujet.

III.

Des Graminées.

Dès le matin, Marguerite était déjà à la fenêtre
et considérait avec un soin tout particulier ce parterre aérien sur lequel son père lui avait promis
de raconter tant d'intéressantes histoires.

— Mais, se disait-elle, pourquoi toutes ces
mauvaises herbes au pied de nos belles fleurs ?
Et comme papa est peu soucieux de la propreté
de son petit jardin, en laissant les vilaines araignées faire leurs toiles dans les angles de la
croisée !

Et vite de nettoyer la terre de ses pots chéris,
et, afin de faire voir à son père tout le soin

qu'elle prenait de ses fleurs, de détruire les toiles
d'araignées. Lorsque M. de Baledent entra :

— Que fais-tu là, Marguerite ? dit-il d'un air
assez mécontent. Tu ne sais pas, pauvre petite,
ce que tu anéantis ; aussi, avant que tu aies terminé, laisse-moi appeler ton frère, et je vais
vous entretenir aujourd'hui de ces herbes sans
attrait et de ces animaux si repoussants pour toi,
mais si intéressants pour celui qui pénètre dans
le fond de leur vie.

Émile, comme bien vous le pensez, accourut
aussitôt. M. de Baledent, après lui avoir raconté
le crime que commettait sa sœur au moment où
il était entré dans son cabinet, commença en ces
termes :

— Ces petites herbes, mes enfants, appartiennent à une des familles de plantes les plus
considérables. On les nomme *graminées*. Sous
leurs écailles rudes et sans coloris, elles ont un
air de simplicité et de modestie qui contraste
avec l'éclat dont sont revêtues la plupart des
plantes ; mais ne jugez pas sur les apparences ;
ces *foins*, comme on les nomme parfois avec dédain, sont de première utilité pour les hommes
et pour les animaux. C'est pourquoi Dieu, dans sa
prévoyance, les a répandus abondamment sur
toute la surface du globe, quand il semble avoir
assigné aux autres des limites qu'elles ne peuvent
franchir. Bien plus, afin d'assurer davantage
leur existence, il a muni les plus importantes

d'entre elles de trois radicules, exemple unique dans toute la végétation... Quand vous voyez une herbe sans éclat et que chacun foule aux pieds, ne vous pressez pas de dire : « Elle n'a pas d'utilité sur la terre. » Chaque plante a son histoire, joue un rôle dans l'économie de la nature, et la plus modeste souvent est la plus utile. Celles qui affectent les formes les plus élégantes, et qui se revêtent des plus riches couleurs, n'ont souvent pour elles, croyez-m'en, mes enfants, qu'un éclat aussi éphémère que leur parfum, et ne laissent après elles aucune trace de leur passage.

« Les graminées, disait Linné, sont les plébéiens, les prolétaires, les pauvres et les paysans du règne végétal ; elles en sont la partie la plus simple, la plus nombreuse et la plus vivace ; en elles est la vaillance et la force de ce règne; plus on les maltraite, plus on les foule aux pieds, plus elles se renouvellent. »

— Père, tu viens de nous citer un nom que je ne connais pas. Qu'est-ce que c'est que Linné ? Et où vivait-il ?

— Très-bien, mon enfant, reprit M. de Baledent, très-bien ; je suis heureux de voir que tu ne laisses rien passer et que tu as réellement le désir de t'instruire. Linné est un de ces hommes dont tu verras le nom revenir à chaque instant, et qu'il t'importe par conséquent de connaître.

Né en Suède en 1707, Linné, d'abord apprenti

cordonnier, devint dans la suite le plus célèbre
botaniste de son temps. Il publia un grand
nombre d'ouvrages. Il atteignit, de son vivant,
l'apogée de sa gloire. Il était membre de toutes
les académies de l'Europe, lié avec tous les na=
turalistes qui s'empressaient d'enrichir ses col=
lections, en correspondance avec plusieurs souve=
rains qui se montrèrent jaloux de l'attirer auprès
d'eux. Ses ouvrages avaient vulgarisé l'étude
de la botanique, et partout on établissait des
jardins classés d'après sa méthode. Il vécut ainsi
entouré d'honneurs ; et à sa mort, le roi Gus=
tave III voulut composer lui-même son oraison
funèbre. On l'inhuma dans la cathédrale d'Upsal.
On ne saura jamais trop apprécier les services
que Linné a rendus à l'histoire naturelle.

Mais revenons à nos graminées. Ce sont elles
qui fournissent le *panis d'Italie*, ou millet des
oiseaux, qui servit longtemps à l'alimentation de
l'homme, et qui aujourd'hui n'est employé que
pour nourrir les passereaux; l'*agrostie des moissons*, qui croît abondamment dans nos champs
et qui entre dans nos fourrages; le *stipe plumeux*,
charmante petite plante dont les tiges légères et
garnies de barbules imitent les plumes des oiseaux de paradis ; et la *canne à sucre*, que l'on
croit originaire de l'Inde et de la Perse. Cette
plante, qui peut atteindre une hauteur de trente
pieds, doit son introduction dans le nouveau
monde aux soins des célèbres navigateurs Cook

et Bougainville. Aujourd'hui sa culture se propage dans le Midi de l'Europe, en Sicile, et surtout en Andalousie.

Indépendamment du sucre qu'on en extrait, elle fournit, par la fermentation spiritueuse du suc qu'on en a exprimé, une liqueur que les indigènes nomment *tafia*, et que nous servons sur nos tables sous le nom de *rhum* ou eau-de-vie de sucre. C'est la canne de Batavia, originaire de l'île de Java, qui sert principalement à cet usage. On fait, en outre, avec le suc de canne une espèce de vin qui pétille comme le champagne.

C'est encore dans cette inépuisable famille des graminées que se trouve l'*ivraie*, si commune dans nos champs, et dont le nom rappelle l'ivresse dans laquelle elle jette ceux qui font usage de ses fruits. Les Romains, qui lui attribuaient la propriété d'affaiblir les yeux, disaient d'un homme qui menaçait de devenir aveugle : *Il se nourrit d'ivraie.*

Je n'en finirais pas, mes enfants, si je voulais vous énumérer toutes les plantes de cet important groupe des graminées ; je vous citerai seulement, et pour terminer, le *froment chiendent*, le *froment cultivé*, auquel nous devons la fécule amylacée qui fait la base de notre alimentation, l'orge, le *seigle*, l'*avoine*, le *maïs* ou blé de Turquie, avec lequel les Américains préparèrent longtemps leur pain, et dont on fait encore aujourd'hui des bouillies et des pâtisseries fort agréables; enfin le *roseau*, qui servit à confectionner les premiers instruments de musique, et le *bambou*, si connu dans les contrées chaudes, et dont les tiges creuses servent aux nègres pour se soutenir sur l'eau.

J'aurais bien désiré ne pas nous quitter aujourd'hui, mes chers enfants, sans vous avoir fait l'histoire de l'araignée, ce solitaire si loin des insectes, si on ne considère que son anatomie, mais qui s'en approche de si près sous le rapport des instincts, des besoins, de l'alimentation. Mais je crains de fatiguer votre attention. Son histoire sera, du reste, assez longue, et nous la remettrons à demain.

IV.

De l'Araignée.

Je dois aujourd'hui, mes enfants, vous parler de l'araignée. Notre bonne Marguerite, si étonnée, l'autre jour, de me voir prendre en pitié cet animal hideux; je l'avoue, au premier aspect, est, je le sais, très-désireuse de me voir lui trouver des qualités cachées.

MARGUERITE. — Certainement; bien que les araignées soient de vilaines bêtes que je n'aime pas du tout, j'écouterai cependant bien volontiers leur histoire. Et qui sait? peut-être les aimerai-je aussi un jour et défendrai-je à mon tour aux autres de les tuer, quand ils les rencontreront.

ÉMILE. — Ce qui fait que je les fuis, c'est qu'elles sont venimeuses, et que leur vilaine couleur noire est repoussante.

M. DE BALEDENT. — Venimeuses, mais toutes ne le sont pas ; et de plus, il y en a plusieurs espèces qui diffèrent en figure et en couleur : les unes sont grosses, les autres petites ; les unes sont grandes, larges et étendues, les autres courtes. Pour les couleurs, les unes sont grises, les autres brunes, les autres jaunes, les autres blanches, les autres noires, les autres de couleurs variées. Elles habitent des lieux essentiellement différents, comme les jardins, les bois, les trous des arbres, les plantes, les angles des fenêtres ou des voûtes, les édifices ou autres lieux le moins possible exposés au vent ou à la pluie.

ÉMILE. — Mais la tarentule, mon père, est bien une araignée venimeuse ?

M. DE BALEDENT. — La tarentule, bien que malsaine, n'est point aussi redoutable que le disent les bonnes femmes. Le mal qu'elles déterminent se réduirait à bien peu de chose, si l'imagination des personnes qui en ont été blessées ne faisait pas des frais auxquels ajoute encore l'imagination des assistants ou de l'entourage. Quant à l'araignée domestique et à celle des jardins, elles ne sont ni dangereuses ni venimeuses, et Marguerite peut les toucher sans crainte.

MARGUERITE. — Tu vois bien, père, je regrette

d'avoir tué l'autre jour cette vilaine araignée qui faisait sa toile dans l'angle de notre fenêtre; mais peut-être, sans cela, ne nous aurais-tu jamais parlé de l'araignée, et cela me console.

M. DE BALEDENT. — Puisque ce sujet semble vous intéresser, je vais, mes enfants, vous raconter ce qu'écrivait dernièrement sur les araignées un auteur bien connu.

Dans les pays plantureux des tropiques, où le gibier surabonde, elle vit en société. On en cite qui tendent autour d'un arbre un vaste filet commun, dont elles gardent les avenues en parfait concert. Bien plus, ayant souvent affaire à des insectes puissants, même à de petits oiseaux, elles coopèrent dans le péril et elles se prêtent main-forte.

Mais cette vie solitaire est tout exceptionnelle, bornée à certaines espèces, aux climats les plus favorisés. Partout ailleurs, l'araignée, par la fatalité de sa vie, de son organisme, a le caractère du chasseur, celui du sauvage qui, vivant de proie incertaine, reste envieux, défiant, exclusif et solitaire.

Ajoutez qu'elle n'est pas comme le chasseur ordinaire, qui en est quitte pour ses courses, ses efforts, son activité.

Sa chasse, à elle, est coûteuse, si j'ose le dire, et exige une constante mise de fonds.

Chaque jour, à chaque heure, de sa substance elle doit tirer l'élément nécessaire de ce filet qui lui donnera la nourriture et renouvellera sa substance.

Donc, elle s'affame pour se nourrir, elle s'épuise pour se refaire, elle se maigrit sur l'espoir incertain de s'engraisser.

Sa vie est une loterie, remise à la chance de mille contingents imprévus.

Cela ne peut manquer de faire un être inquiet, peu sympathique à ses semblables, où elle voit des concurrents ; tranchons le mot, un animal fatalement égoïste. S'il ne l'était, il périrait.

Le pis, pour ce pauvre animal, c'est qu'il est laid foncièrement. Il n'est pas de ceux qui, laids à l'œil nu, se réhabilitent par le microscope. La spécialité trop forte du métier, nous le voyons chez les hommes, atrophie tel membre, exagère tel autre, exclut l'harmonie ; le forgeron souvent est bossu. De même l'araignée est ventrue.

En elle la nature a tout sacrifié au métier, au besoin, à l'appareil industriel qui satisfera le besoin.

C'est un ouvrier, un cordier, un fileur et un tisseur.

Ne regardez pas sa figure, mais le produit de son art.

Elle n'est pas seulement un fileur, elle est une filature.

Concentrée et circulaire, avec huit pattes autour du corps, huit yeux vigilants sur la tête,

elle étonne par la proéminence excentrique d'un
ventre énorme ; trait ignoble, où l'observateur inattentif et léger ne verrait que gourman-
dise.

Hélas ! c'est tout le contraire ; ce ventre, c'est
son atelier, son magasin, c'est la poche où le
cordier tient devant lui la matière du fil qu'il dévide ; mais, comme elle n'emplit cette poche de
rien, que de sa substance, elle ne la grossit
qu'aux dépens d'elle-même, à force de sobriété.
Et vous la verrez souvent, étique pour tout le
reste, conserver toujours gonflé ce trésor où est
l'élément indispensable du travail, l'espérance
de son industrie, et sa seule chance d'avenir.

Vrai type de l'industriel. « Si je jeune aujour-
d'hui, dit-elle, je mangerai peut-être demain ;
mais si ma fabrique chôme, tout est fini ; mon
estomac doit chômer, jeûner à jamais. »

Celles qui tendent aux branches des arbres,
comme celles qui tendent aux fenêtres, ont une
attention visible à prendre le vent, à se bien poser dans un courant d'air qui amènera les insectes, ou au passage du rayon lumineux dans
lequel viendra danser le moucheron. La toile ne
tombe pas d'aplomb, ce qui ne donnerait qu'un
courant ; l'araignée, en parfait marin, lui donne
une grande obliquité qui lui permet de recevoir
deux courants ou davantage.

A l'extrémité de son ventre, quatre filières ou
mamelons, pouvant sortir ou rentrer (à la façon

des lunettes d'approche), lancent, par leur mouvement, un tout petit nuage qui grossit de minute en minute. Ce nuage, ce sont des fils d'une
ténuité infinie ; chaque mamelon en secrète
mille, et les quatre, en se rejoignant, font de leurs
quatre mille fils le fil unique, assez fort, dont sera tissue la toile.

Notez bien que les fils de l'intelligent fabri-
cant ne sont pas de même nature, mais de qualité, de force différentes, selon leur destination.

Il en est de secs pour ourdir, d'autres visqueux
pour coller. Ceux du nid qui recevra les petits
son un coton, et ceux qui protégeront le coton
où sont les œufs ont toute la résistance nécessaire
à leur sûreté.

Quand elle a fourni un jet suffisant de fils pour
entreprendre la toile, d'un point élevé elle se
laisse glisser et dévide son écheveau. Elle y reste
suspendue; et de suite remontant au point de départ à l'aide de son petit cordage, elle se porte
vers un autre point, et continue, traçant ainsi
une série de rayons qui partent tous du même
centre.

La chaîne ourdie, elle s'occupe à faire la
trame en croisant le fil. Courant de rayon en
rayon, elle touche chacun de ses filières qui y
attachent le fil circulaire. Le tout n'est pas un
tissu serré, mais un véritable filet, de telle proportion géométrique que toutes les mailles du
cercle sont toujours de même grandeur.

Cette toile, sortie d'elle, vivante et vibrante, est bien plus qu'un instrument, c'est une partie de son être. Circulaire elle-même de forme, l'araignée semble s'étendre en ce cercle et prolonger les filaments de ses nerfs aux fils rayonnants qu'elle ourdit.

C'est au centre de sa toile qu'elle a sa plus grande force pour l'attaque ou pour la défense. Hors de là, elle est timide; une mouche la ferait reculer.

Cette toile est à la fois pour un télégraphe électrique qui sent le tact le plus léger, lui révèle la présence d'un gibier imperceptible, presque impondérable; et en même temps, comme elle est quelque peu visqueuse, elle lui retient cette proie, retardé même et empêtre de dangereux ennemis.

S'il fait du vent, l'agitation continuelle de la toile l'empêcherait de se rendre compte de ce qui s'y passe; alors, elle se tient au centre.

En temps ordinaire, elle reste près de là sous une feuille, pour ne pas effrayer la proie, ou ne pas être elle-même celle de ses nombreux ennemis.

La prudence, la patience est son caractère, plus que le courage.

Elle a trop d'expérience, elle a eu trop d'accidents, de mésaventures, elle est trop habituée aux sévérités du sort pour avoir beaucoup d'audace.

Elle a peur même d'une fourmi.

Celle-ci, souvent mauvaise tête, inquiète et âpre rôdeuse, qui n'a peur de rien, s'obstine parfois à explorer cette toile dont elle ne peut rien faire. L'araignée alors lui cède la place, soit qu'elle craigne le contact de l'acide de la fourmi, qui brûle comme de l'eau-forte, soit qu'en bonne travailleuse elle calcule qu'une lutte longue et difficile lui emploiera plus de temps qu'il n'en faut pour faire une toile.

Donc, sans y mettre la moindre susceptibilité d'amour-propre, elle la laisse se pavaner là, et s'établit un peu plus loin.

Une infinité d'insectes, le meurtrier carabe, la demoiselle, élégante et magnifique assassine, n'ont que leurs corps et leurs armes, et passent joyeusement leur vie à tuer. D'autres ont des asiles sûrs, faciles à défendre, où ils craignent peu de dangers. L'araignée des champs n'a ni l'un ni l'autre.

Le lézard d'en bas, l'écureuil d'en haut, donnent la chasse au faible chasseur. L'inerte crapaud lui darde sa langue visqueuse qui le colle et l'immobilise.

C'est le bonheur de l'hirondelle, dans son cercle gracieux, d'enlever sans se déranger l'araignée et la toile; et tous les oiseaux la considèrent comme une grande friandise ou une excellente médecine. Il n'est pas jusqu'au rossignol, fidèle, comme les grands chanteurs, à une certaine hy-

giène, qui, de temps en temps, ne s'ordonne
pour purgatif une araignée.

Que la toile soit défaite coup sur coup, le
jeûne un peu prolongé la met hors d'état de
fournir du fil, et bientôt elle meurt de faim. Elle
est constamment serrée dans ce cercle vicieux :
pour filer, il faut manger; pour manger, il faut
filer. Ce fil, c'est pour elle celui de la Parque,
celui de la destinée.

Quand on parle de l'avidité gloutonne de l'a-
raignée, on oublie qu'elle doit manger double,
ou bien périr, manger pour refaire son corps,
manger pour refaire son fil.

Trois choses contribuent à l'user : l'ardeur du
travail incessant, sa susceptibilité nerveuse, vive
au dernier point chez elle, enfin son double système de respiration; car elle n'a pas seulement
la respiration passive de l'insecte qui subit l'air
introduit par ses stigmates; elle a de plus une
sorte de respiration active, analogue au jeu des
poumons dans les animaux supérieurs. Elle
prend l'air et s'en empare, le transforme et le
décompose, s'en renouvelle incessamment. Rien
qu'à voir ses mouvements, on sent que c'est plus
qu'un insecte ; le flux vital y doit courir dans
une circulation rapide, le cœur battre bien autrement qu'en la mouche ou le papillon.

Supériorité, mais péril. L'insecte brave impuné-
ment les miasmes méphitiques, les fortes odeurs.
L'araignée n'y résiste pas. Immédiatement frap-
pée, elle tombe en convulsions, s'agite et expire.

ÉMILE. — Que j'aurais de plaisir à voir une araignée filer sa toile ! Certainement je n'aurai plus pour elle la même différence qu'autrefois et j'espère que le plumeau et le houssoir de Marguerite l'épargneront maintenant.

M. DE BALEDENT. — Puisque ce sujet vous intéresse, mes enfants, je ne vais pas me séparer de vous sans vous avoir donné encore quelques détails fort intéressants.

Les araignées ! Que de personnes nerveuses frissonnent à la seule vue de ces pauvres bêtes ! Que de terreurs elles inspirent ! Comme on les trouve laides, hideuses, dégoûtantes ! Et cependant, si l'on pouvait surmonter cette répulsion que rien en réalité ne légitime, si l'on voulait se donner la peine de regarder de près ces êtres sortis, comme les autres, des mains du Créateur, on reviendrait peut-être de ces préjugés et l'on finirait, comme toujours, par admirer l'ouvrier dans ses œuvres inimitables.

Le corps de l'araignée est divisé en deux parties : la poitrine, qui ne fait qu'une seule pièce avec la tête et l'abdomen. La poitrine (thorax ou corselet) donne attache à quatre paires de pattes ; la tête porte les yeux et les pièces de la bouche ; l'abdomen présente les filières. Eh bien ! les pattes, les yeux, les pièces buccales et les filières sont autant instruments précieux dont l'araignée se sert avec habileté pour les divers besoins de son existence.

Les pattes, toujours au nombre de huit, sont minces et longues, formées de brisures nombreuses qui assurent leur agilité, terminées par des crochets et ordinairement garnies de poils. A l'aide de ces membres, les araignées courent sur la terre ou sur l'eau, nagent et plongent, grimpent le long des murs, contre les arbres, sur les tiges des herbes les plus déliées, ou bien elles s'en servent pour ourdir leur toile, ouvrage solide et léger tout à la fois. Regardez-la travailler, cette araignée que vous trouvez si repoussante. Elle s'est cramponnée à la toile qu'elle a eu le soin de fixer par des amarres aux objets voisins ; elle continue à disposer circulairement les fils qui sortent de ses filières et les attache aux rayons de sa toile ; pour cela, elle se sert d'un petit peigne que portent ses pattes de derrière, et dont les dents lui permettent d'accrocher son fil délié et de le placer à l'endroit convenable.

Les araignées ont six ou huit yeux cornés, placés en avant de leur front. Ce sont autant de petites calottes brillantes à peine visibles, et pourtant composées de toutes les parties nécessaires à la vision. Tantôt réunis sur le sommet du front tantôt rangés sur deux lignes près de son bord antérieur, ou groupés vers ses angles et dans son milieu, les yeux offrent une foule de positions variées que les naturalistes ont mises à profit pour distinguer les espèces.

La bouche des araignées est armée de crochets

mobiles, effilés et pointus comme les plus fines
aiguilles. Ce sont les instruments redoutables
qu'elles emploient pour tuer les mouches. La
blessure que font ces crochets est mortelle ; car
ils ont à leur base une glande vénimeuse dont
le produit est aussitôt versé dans la plaie. Cette
même bouche porte aussi des organes tactiles
(les palpes), sorte de petites pattes dont l'araignée se sert pour toucher les corps et reconnaître
leur nature.

Voilà donc l'araignée organisée pour se mouvoir, pour distinguer les objets, pour sentir et
pour mettre à mort la proie dont elle a besoin.

Mais ce n'est pas assez ; il faut encore aux
araignées les moyens nécessaires pour s'emparer
de cette proie. Les unes l'atteignent à la course,
les autres sautent sur elle avec l'adresse et l'a-
gilité du chat; la plupart dressent des piéges en
tendant ces toiles que vous connaissez, que vous
rencontrez partout.

La substance que file l'araignée ne lui sert pas
seulement pour sa toile. L'animal l'emploie aussi
pour se construire une demeure soyeuse entre
des feuilles, sous les pierres, dans le creux des
arbres, et pour en entourer ses œufs et les protéger contre les attaques d'autres animaux ou
contre l'intempérie des saisons.

L'araignée met tous ses soins à la fabrication
de ce cocon précieux qui renferme sa progéni-
ture. Elle le cache de son mieux, soit dans

3

l'angle d'un mur soit entre deux feuilles collées
l'une à l'autre, au milieu d'une touffe de brins
d'herbe qu'elle a réunis, quelquefois elle le sur-
veille avec sollicitude en le couvrant de son corps;
souvent même elle le tient entre ses pattes de
devant ou l'attache à son abdomen, et le porte
partout où elle va.

L'amour maternel n'est pas la seule qualité de
nos araignées; elles se laissent apprivoiser par
l'homme, et, la chose est certaine, elles aiment
la musique. Il existe des faits bien constatés qui
montrent que les araignées sont sensibles aux
charmes des beaux accords.

A ce sujet, Walckenaer cite le fait suivant :

« Une dame, occupée à pincer de la harpe
dans une chambre située au milieu d'un jardin
aperçut une araignée fixée au plafond au-dessus
d'elle. Aussitôt elle se transporte à l'autre extrémité de la chambre; mais à peine a-t-elle fai-
retentir l'air de son instrument, que l'insecte
commence à se mouvoir et vient s'arrêter encore
au-dessus de la dame ; là, l'insecte reste sans
mouvement et comme attaché au plafond. La
dame, dont la curiosité est excitée par le phénomène, change de nouveau de place et reste quelques moments sans jouer; l'araignée ne la suit
pas et attend immobile; mais à peine les sons
harmonieux ont-ils recommencé, que l'insecte
accourt se placer encore au-dessus de l'instrument qui les produit. La dame répète de nouveau

l'expérience, et elle parvient à attirer l'araignée dans chaque partie de la chambre et à s'en faire suivre.»

Pourquoi faut-il que des qualités aussi belles et dignes de tous nos éloges soient ternies par d'affreux défauts? Les araignées sont cruelles; et telle est leur férocité, qu'elles n'épargnent pas même leurs semblables. Au printemps, on peut voir l'araignée s'approcher timidement de la toile au milieu de laquelle repose celle qu'elle voudrait se choisir pour compagne; elle observe avec anxiété les moindres mouvements de l'objet de ses vœux, elle tire et fait vibrer les fils de sa toile, comme pour s'assurer de ses dispositions, et elle ne se décide à s'avancer de plus près que lorsqu'elle se croit assurée d'une réception amicale. C'est qu'en effet il arrive souvent que les dames, qui sont ici les plus fortes, croquent sans pitié leur imprudent et trop confiant mari.

Les araignées de nos pays sont toutes de petites dimensions; mais il n'en est pas de même de certaines espèces qui habitent les parties les plus chaudes du globe. Telles sont les *mygales*, dont la longeur atteint quelquefois jusqu'à un décimètre. Outre leur grande taille, qui suffirait déjà pour les distinguer des autres espèces, les mygales ont des caractères faciles à saisir. Le corps tout entier est couvert de longs poils, ordinairement de couleur brune, avec des reflets métalliques. La bouche est armée de crochets

longs et robustes qui se redressent et s'abaissent
dans une direction verticale, au lieu de se mouvoir horizontalement comme dans les araignées
ordinaires. Les yeux, au nombre de huit, sont
rapprochés les uns des autres sur le sommet
d'une petite éminence en avant du front; les
pattes sont longues et très-velues; enfin il existe
quatre filières extérieures dont deux, plus longues
que les autres, se trouvent habituellement redres-
sées. Cet ensemble donne à l'animal quelque chose
de hideux et d'effrayant au premier abord; mais
bientôt on se familiarise et on admire les pro-
portions et les formes de ces gigantesques araignées.

«Les mygales habitent les contrées les plus
chaudes de l'Amérique, de l'Afrique et de l'Asie.
Pendant le jour, elles se tiennent cachées dans
les trous des arbres sous les pierres ou entre
les fentes des rochers, enfermées dans un tube
de soie qui leur sert de demeure habituelle. C'est
le soir et la nuit qu'elles sortent pour chercher
leur nourriture. Souvent elles visitent les nids
des oiseaux-mouches, les surprennent pendant
leur sommeil et les tuent, eux et leur famille.
Les mygales ne font pas de toile ; mais quelques
espèces, dit-on, tendent des fils assez forts pour
arrêter de gros insectes et même des colibris;
cependant le fait n'est pas suffisamment prouvé.
Quoi qu'il en soit, cette habitude d'attraper ou
de surprendre les oiseaux-mouches et les coli-

bris a fait donner à un groupe de mygales le nom d'*aviculaires*, c'est-à-dire qui chasse aux oiseaux.

« La morsure de ces grandes araignées cause une douleur très-vive, suivie de fièvre et quelquefois de délire; mais rien ne nous autorise à penser qu'elle soit mortelle.

« Dans les premiers jours du mois d'octobre de l'année 1859, une de ces mygales aviculaires arriva à Strasbourg avec une cargaison de ce bois rouge employé pour la teinture et désigné dans le commerce sous le nom de *bois de Lima*. Elle provenait ainsi des forêts du Pérou et avait franchi l'intervalle immense d'environ quatre mille lieues. Elle était sans doute cachée dans son nid de soie, quand la hache du bûcheron a renversé l'arbre qui la recélait. Malgré la longueur du voyage, qui a duré une dizaine de mois, et quoique les troncs d'arbres aient été plus d'une fois débarqués et rechargés sur de nouveaux bateaux, avant d'arriver à leur destination, l'araignée est restée dans sa demeure. Du reste nous ne saurions dire ce qui s'est passé pendant ce long trajet. Plusieurs fois peut-être, et surtout la nuit, a-t-elle quitté sa retraite pour rôder au milieu des bûches entassées et chercher à découvrir quelques insectes prisonniers comme elle, et comme elle enlevés au sol natal. Toujours est-il que ce fut à Strasbourg seulement qu'on s'aperçut de sa présence. On

venait de décharger un bateau et l'on avait transporté sous un hangar les bois péruviens, quand
on vit courir par terre une grosse araignée velue,
dont l'aspect dut singulièrement étonner les ou-
vriers. La mygale ne marchant pas très-vite, il
ne fut pas difficile de la faire entrer dans un bocal;
et mise ainsi à ma disposition, je la gardai plusieurs jours dans ma chambre. On avait mis dans
son bocal de petits morceaux de sucre et des fragments de pain, objets dont elle ne pouvait se
nourrir. Cependant, comme je la tenais près de
moi, afin de mieux l'observer, je la vis une fois
étendre ses crochets, saisir un fragment de pain
et le porter à sa bouche; mais un instant après,
elle avait lâché ce mets, dont elle ne savait que
faire. Jugeant qu'elle avait faim, je jetai dans son
bocal une grosse et belle araignée diadème, bien
dodue, comme on les trouve en automne. Une
heure ne s'était pas écoulée, que la mygale s'était
emparée de cette proie; il paraît que ce fut pour
elle un délicieux régal; pendant toute la journée,
elle la tint collée contre sa bouche, aspirant sans
doute avec volupté cette chair fraîche et succu-
lente; le lendemain, il ne restait que quelques
débris de pattes.

« D'après cette observation, j'espérais pouvoir
conserver quelque temps ce curieux habitant des
forêts péruviennes. Je portai notre mygale au
musée et je la plaçai dans un bocal très-précieux,
dont le fond était garni de morceaux d'écorce

pour faciliter sa marche; je recommandai de la
tenir dans une chambre chaude et de lui donner
tous les jours des araignées vivantes. J'allais
la voir souvent, pour m'assurer qu'elle ne man-
quait de rien; de nombreux amateurs vinrent
aussi la visiter, et, chose remarquable, les dames
mêmes la trouvaient belle, malgré son corps tout
velu. C'est qu'en effet, quand on la plaçait au
soleil, son dos reluisait comme une cuirasse de
bronze et d'or. Souvent elle se dressait de toute
sa hauteur sur ses huit pattes et marchait comme
sur autant de béquilles; plusieurs fois je cherchai
à l'agacer, pour voir si elle étendrait ses crochets
et si elle ferait mine de mordre; mais toujours
elle reculait devant la baguette que je plaçais
devant sa bouche; je crois qu'on aurait pu, sans
aucun danger, la prendre dans la main. Mais
cette sorte d'apathie me semblait de mauvais au-
gure, et je voyais avec regret que la pauvre re-
cluse ne touchait à aucune des araignées qui cir-
culaient autour d'elle. De jour en jour, en effet,
elle devint moins agile, et elle s'éteignit le
1er novembre, victime sans doute de notre climat
froid et humide, et malgré les précautions dont
on l'avait entourée.»

A. LEREBOULET.

V

De la Structure générale des Plantes. — Coup d'œil sur la Physiologie végétale.

Vous m'avez demandé, mes chers enfants, avant de continuer l'histoire des innombrables curiosités dont notre fenêtre est l'objet, de vous esquisser en quelques mots cette série de phénomènes qui fait que la plante vit comme nous; que, comme nous, elle naît, s'accroît, se reproduit et meurt.

Il n'est pas besoin de vous dire que l'intervalle qui sépare le caillou, par exemple, de l'être vivant, est immense; mais ce que vous ne savez pas, c'est qu'une foule d'analogies rapprochent le monde végétal du monde animal. Je vais essayer de vous les faire entrevoir, sans toutefois tomber dans l'exagération de Lameth, qui voulait les assimiler complètement l'un à l'autre.

Après avoir fait un certain temps partie de l'être qui lui a donné naissance, l'œuf végétal, première manifestation de la vie, est expulsé au dehors ; mais trop jeune encore pour vivre par lui-même, il reçoit sa nourriture d'organes provisoires que les botanistes ont nommés cotylédons.

Voulez-vous vous faire une idée juste de cet organe ? Ouvrez un haricot ; vous voyez deux masses charnues, entre lesquelles est une petite plante en miniature ; celle-ci constitue l'embryon, et les deux masses que vous mangez ne sont autres que les cotylédons.

Bientôt ces sortes de mamelles, devenues inutiles par les progrès du développement du jeune être, se flétrissent et tombent ; et sur la petite plante, on distingue déjà la racine, la tige et les premières feuilles.

Cette racine ne se présente pas sous le même aspect dans toutes les plantes. Dans la carotte, la racine semble s'enfoncer dans le sol à la manière d'un pivot ; c'est pourquoi on l'a nommée pivotante. C'est aussi le cas de la plupart de nos arbres ; seulement, chez eux, elle se ramifie plus ou moins dans le sol. Au contraire, dans l'avoine et le blé, la racine vient de suite présenter une décomposition de la tige en fibres nombreuses. Elle a reçu le nom de fibreuse. Le plus bel arbre

3.

des contrées chaudes, le palmier, possède une racine fibreuse ; mais celle-ci acquiert des dimensions tellement considérables, que, s'élevant au dessus du sol elle peut soutenir le tronc entier sans fléchir.

Dans le lis, vous voyez une masse charnue, globuleuse ; c'est un bourgeon souterrain destiné à nourrir la plante pendant l'hiver, et qui a valu aux racines qui le portent le nom de bulbifères.

La pomme de terre que vous mangez si fréquemment, savez-vous ce que c'est ? Eh bien ! c'est une tige qui, au lieu de s'élever dans l'air, se plait dans la terre et donne naissance à des fibrilles qui ne sont autres qu'une racine fibreuse ; mais à cause de cette particularité, on l'appelle racine tubérifère.

En sens inverse de la racine s'élève la tige, qui dresse ses branches vers les cieux. Un seul coup d'œil autour de nous suffirait, mes enfants, pour nous apprendre qu'elle présente des dimensions bien diverses. Tandis qu'elle est parfois à peine visible, elle atteint jusqu'à cinq ou six cents pieds de long dans quelques plantes de l'Inde, et cent soixante de circonférence dans le fameux châtaigner de l'Etna, qui peut abriter cent chevaux.

Ce qui va bien vous étonner, mes chers enfants, mais ce qui est on ne peut plus vrai, c'est que la racine et la tige, qui vous paraissent d'une nature si différente, ne sont en réalité qu'une seule et même chose. Ce qui le prouve, c'est qu'il suffit de retourner certains végétaux pour voir les racines se métamorphoser en branches et en feuilles, et celles-ci devenir des racines et du chevelu.

Les feuilles dont se couvrent les tiges sont les organes de respiration des plantes. Elles servent à la nourriture d'un grand nombre d'animaux, offrent à la médecine de puissants moyens de guérison, et remplacent le papier dans certaines contrées. L'histoire de l'Asie nous est, en effet, parvenue écrite sur des feuilles.

Avant de nous occuper des fleurs, si variées dans leurs couleurs, je ne puis m'empêcher de vous citer la réflexion judicieuse de Bernardin de Saint-Pierre sur la verdure toujours constante des feuilles.

« La verdure des plantes, qui flatte si agréablement notre vue, dit-il, est une harmonie de deux couleurs opposées dans leur génération élémentaire, du jaune qui est la couleur de la terre, et du bleu, qui est la couleur du ciel. Si la nature avait coloré les plantes de jaune, elles se confondraient avec le sol ; si elle les avait teintes en bleu, elles se confondraient avec le ciel et les eaux. Dans le premier cas, tout paraîtrait terre ; dans le second, tout paraîtrait mer. Mais leur verdure leur donne des contrastes très-doux avec les fonds de ce grand tableau, et des conson-

nances fort agréables avec la couleur fauve de la
terre et avec l'azur des cieux. »

« De toutes les couleurs des fleurs, dit encore
l'historien de la nature dont je viens de vous rap-
porter quelques mots, la blanche est la plus
propre à réfléchir la chaleur ; or, elle est, en général, celle que la nature donne aux fleurs qui
éclosent dans des saisons et des lieux froids,
comme nous le voyons dans les perce-neige, les
muguets, les hyacinthes, les narcisses et l'ané-
mone némorosa, qui fleurissent au commence-
ment du printemps. Il faut aussi ranger dans cette
couleur celles qui ont des nuances légères de
rose ou d'azur, comme plusieurs hyacinthes,
ainsi que celles qui ont des teintes jaunes et écar-
lates, comme les fleurs des pissenlits, des bassi-
nets des prés et des giroflées des murailles Mais
celles qui s'ouvrent dans des saisons et des lieux
chauds, comme les nielles, les coquelicots et les
bleuets, qui croissent l'été dans les moissons,
ont des couleurs fortes, telles que le pourpre, le
gros rouge et le bleu, qui absorbent la chaleur
sans la réfléchir beaucoup. Je ne sache pas cependant qu'il y ait des fleurs tout à fait noires ;
car alors ses pétales, sans réflexion, lui seraient
inutiles. En général, de quelque couleur que soit
une fleur, la partie inférieure de sa corolle qui
réfléchit les rayons du soleil, est d'une teinte
beaucoup plus pâle, que le reste. Elle y est même
si remarquable, que les botanistes, qui regardent

en général les couleurs dans les fleurs comme de simples accidents, la distinguent sous le nom d'onglet. L'onglet est, par rapport à la fleur, ce que le ventre est par rapport aux animaux. Sa nuance est presque toujours plus claire que celle du reste du pétale. »

— Mais, dit Émile, que sont, par rapport à la fleur, ces petites aigrettes que l'on voit au centre se balancer au moindre souffle ?

— Ce sont les étamines et les pistils, petits organes indispensables à la reproduction des végétaux. L'étamine, située en dehors, porte de petits sacs ou anthères, remplis d'une poussière nommée pollen; et le pistil, qui occupe le centre, se compose de trois parties bien distinctes : le stigmate, le style et l'ovaire, qui est la partie essentielle et destinée à la sécrétion des ovules ou œufs végétaux.

— Que Dieu produit de belles choses, reprit Marguerite, sous les touches délicates de ses doigts créateurs !

— Oui, mes enfants, dit M. de Baledent, tout jusque-là vous l'a suffisamment prouvé; mais prêtez-moi toujours votre attention; il est bien d'autres merveilles encore, et je veux qu'à la suite de ce court entretien, vous ayez entrevu une partie des mystères de la création.

Un même calice réunit ordinairement le pistil et l'étamine; il n'est pas très-rare cependant de les voir reposer dans des fleurs distinctes, ou bien, séparés l'un de l'autre par une distance parfois considérable, ne plus habiter la même plante.

L'ovaire développé, accru, constitue le fruit. Il succède à la fleur et est formé par la graine et ses enveloppes.

On peut diviser les fruits en trois groupes: les fruits *simples*, c'est-à-dire formés par le développement d'un seul ovaire, comme dans le blé ; les fruits *multiples*, qui se composent de plusieurs ovaires soudés intimement et ne formant plus qu'un tout complexe , comme dans la pomme et dans la poire; et enfin, les fruits *agrégés*, résultant de l'agglomération, mais sans soudure, de plusieurs ovaires, comme cela a lieu dans les pins et les sapins.

Ici se termine, mes enfants, ce que j'avais à vous dire sur la structure générale des plantes. Ce tableau bien incomplet sans doute, doit suffire cependant pour vous faire entrevoir combien est merveilleuse cette organisation, où tout a été prévu et disposé avec une intelligence et une sagesse infinies. Il nous reste, pour compléter ces préliminaires, à jeter un coup d'œil rapide sur cette belle partie de l'histoire des végétaux qui a reçu le nom de *Physiologie*.

Quel nouvel intérêt les plantes ne vont-elles point vous inspirer, si vous voyez en elles, mes chers enfants, des êtres animés qui naissent, vivent et meurent comme les animaux!

— Comme tu nous le disais l'autre jour , père,

il n'y a que le naturaliste qui puisse se faire une idée de la grandeur de Dieu. Tout ce dont les autres hommes s'occupent est l'œuvre de leurs semblables; et loin de rappeler leurs pensées vers la toute-puissance du Créateur, ils se complaisent dans leur orgueil, tandis que celui dont chaque instant de la vie le rapproche de plus en plus de Dieu est sans cesse en présence de sa faiblesse, et, loin de s'enorgueillir, il s'humilie devant la majesté de l'auteur de toutes choses, qui lui apparaît sur son trône éblouissant de lumière.

— Certainement, Émile, reprit M. de Baledent. Vous allez, mes enfants, en avoir une nouvelle preuve en physiologie; car à chaque pas l'esprit reste confondu à la contemplation des merveilles de Dieu. Cependant il parvient quelquefois à soulever le voile qui les recouvre.

Comme les animaux, les végétaux exécutent des mouvements manifestes, partiels ou en totalité; bien plus, un grand nombre de faits observés révèlent chez eux non-seulement de la contractilité, mais aussi une certaine sensibilité. Après avoir séjourné un certain temps sur la plante-mère les graines se dispersent, vont se fixer dans le sol, leur berceau commun, et là germent, c'est-à-dire se développent. L'embryon sort des enveloppes qui le recouvraient; la radicule s'enfonce dans la terre, et la tigelle se dégage d'entre les cotylédons qui se vascularisent et lui fournissent sa première nourriture.

Bientôt la petite plante a acquis un développement suffisant pour vivre désormais par elle-
même, et elle va exécuter une série d'actes que
nous allons successivement passer en revue.

— Père, interrompit Marguerite, comment les
plantes peuvent-elles se nourrir, puisqu'elles ne
mangent pas comme nous ?

— Privées des organes internes qui, chez nous,
composent le tube digestif, les plantes, mon enfant, reçoivent du dehors, et pour ainsi dire tout
digérés, les matériaux de leur nutrition. L'ab-
sorption s'opère surtout par les racines et les
feuilles. A cet effet, les premières sont munies de
petits renflements cellulaires doués de contractilité vitale, et les parties vertes sont parse-
mées de porosités qui ne sont que l'extrémité des
vaisseaux qui se distribuent dans tout le végétal.
La nourriture habituelle des plantes leur est four-
nie par l'atmosphère, qui tient sans cesse en dis-
solution ou à l'état de vapeur une grande quantité d'eau, enlevée à la surface des mers. Celle-ci
est absorbée soit à l'état liquide, soit à l'état de
fluide aériforme, et avec une telle avidité, que les
racines, pour gagner un terrain humide, semblent
parfois douées d'un mouvement spontané et par-
courent des distances considérables.

Toutefois, l'eau n'est pas le seul agent de la
nutrition des plantes, et elle ne doit même ses
principales propriétés qu'aux corps qu'elles contient.

Une fois absorbés, les liquides circulent dans un système de vaisseaux, sous l'influence de la contractilité vitale de ces derniers. Plusieurs causes accessoires, telles que la capillarité et l'endosmose, viennent aider singulièrement leur progression. L'eau absorbée par les racines constitue la *séve*. Celle-ci se modifie dans son parcours, sous l'influence de la respiration et de la transpiration; et d'ascendante qu'elle était dans l'intérieur du bois, elle devient descendante et dépose entre ce dernier et l'écorce les éléments nécessaires à l'accroissement diamétral.

— Qu'est-ce que c'est, maintenant, père, dit Marguerite, que ce liquide d'un beau jaune orange qui s'écoule, quand je brise la tige de ces petites fleurs jaunes qui croissent abondamment contre le mur du jardin ?

— Tu veux parler de la chélidoine. Ce liquide est sécrété par les tissus mêmes de la plante, et il ne faut pas le confondre avec la séve. C'est à lui que nous devons les substances énergiques des végétaux, les remèdes les plus efficaces, comme aussi les poisons les plus redoutables. Chaque végétal sécrétant un suc particulier, les botanistes sont convenus de donner à ces liquides le nom de *sucs propres*.

La respiration des plantes, continua M. de Baledent, est le résultat d'une action essentiellement vitale et présente la plus grande analogie avec celle des animaux. Le fluide respiré est l'air, composé du mélange de trois gaz, que les chimistes ont nommés oxygène, azote et acide carbonique. Ce dernier n'est que le résultat de la combinaison de l'oxygène avec du carbone ou charbon pur.

Les feuilles aériennes doivent être regardées comme les poumons de la plante ; elles présentent à leur surface de petites ouvertures ou stomates, communiquant avec de vastes cellules, dans les parois desquelles la séve vient éprouver le contact de l'air. Ces chambres pulmonaires communiquent avec des vaisseaux qui ont pour mission de transporter l'air dans tous les organes à la manière des trachées chez les insectes.

Les feuilles submergées n'absorbent plus l'air dans des cavités ; mais, imitant les branchies des poissons, elles le prennent au passage. C'est ce qui se voit par exemple, dans la renoncule d'eau.

Sous l'influence des forces vitales, les parties vertes des végétaux absorbent, le jour, l'acide carbonique de l'air, s'en approprient le carbone et en exhalent l'oxygène. La nuit, au contraire, elles en absorbent l'oxygène, qui se combine avec le carbone de leurs tissus et est rejeté au dehors sous forme d'acide carbonique. Toutefois, la quantité d'oxygène absorbée pendant la nuit étant inférieure à celle expirée pendant le jour, le résultat de la respiration végétale consiste dans la production d'oxygène et l'enlèvement d'acide carbonique.

— C'est alors, dit Émile, tout le contraire de ce qui se produit chez les animaux ; car tu nous as souvent dit, père, que ce qui faisait mal à la tête dans les grandes réunions, c'était la production de cet acide carbonique pendant la respiration.

— Très-bien, mon enfant. Si, en effet, nous mettons en parallèle la respiration dans les deux classes d'êtres organisés, nous voyons qu'une section de la création absorbe ce que l'autre produit, et que, par conséquent, elles se servent mutuellement. Les plantes, en effet, préparent le gaz salubre et éminemment respirable qui doit revivifier le liquide nourricier des animaux, et ceux-ci, lors de l'expiration, produisent de l'acide carbonique, nécessaire à la végétation.

— Nouvel exemple, reprit Marguerite, de cette grande harmonie que tu nous fais toujours remarquer dans les phénomènes de la nature !

— Quand nous sortirons de bon matin ; ajouta M. de Baledent, je vous ferai remarquer que les feuilles sont toutes couvertes d'humidité. C'est de la rosée, me direz-vous. Détrompez-vous. La rosée existe bien ; mais il ne faut pas la confondre avec ces grosses gouttelettes qui correspondent à l'extrémité des vaisseaux et qui sont le résultat de la transpiration végétale condensée par le froid de la nuit.

Mais si, comme nous, les plantes transpirent, comme nous aussi elles ont des sécrétions. Vous

connaissez la fraxinelle, dont l'atmosphère envi-
ronnante prend feu à l'approche d'une bougie, en
produisant autour de la plante une auréole
lumineuse ; vous n'ignorez pas non plus l'action
cuisante de l'ortie. Eh bien ! ces phénomènes sont
produits par une sécrétion particulière, qui, dans
la fraxinelle, est gazeuse et due à une huile vola-
tile inflammable, et, dans l'ortie, est l'effet d'un
suc vénéneux sécrété à l'intérieur des poils qui
hérissent les feuilles.

Je terminerai, mes enfants, en vous disant que
la reproduction végétale, cet acte mystérieux qui
a été longtemps l'objet de doutes, mais que les
recherches des physiologistes modernes ont manifestement démontré, consiste dans la rencontre
de l'ovule et de la fovilla. Lorsque le moment est
venu, le stigmate s'abreuve de liquide, et l'étamine y vient déposer ses grains de pollen. Sous
l'influence de l'humidité, chacun d'eux se déchire ;
la fovilla parcourt le style avec ses animalcules,
et peu à peu arrive jusqu'à l'ovule, auquel elle
communique le principe d'une nouvelle vie.

— Quand les étamines et les pistils sont réunis
dans la même fleur, je comprends bien, dit Émile,
que les choses se passent ainsi ; mais quand la
plante ne possède que des fleurs à étamines ou
des fleurs à pistils , comment s'explique ce
phénomène ?

— L'observation, mes enfants, prouve que la
nature, qui semble en effet avoir négligé, sous

ce rapport, les fleurs dioïques, n'a pas été pour elles plus avare de soins que pour les précédentes. Les remèdes ne sont-ils pas toujours plus puissants que les obstacles? Elle a confié aux vents et aux insectes la mission de transporter sur le pistil, et à des distances parfois fort considérables, la poussière fécondante de l'étamine.

Enfin, après avoir rempli sa mission sur la terre et s'être remplacée près de nous, en déposant dans le sol des générations infinies d'êtres semblables à elle, la plante languit, son teint se décolore, son visage devient livide, et puis elle meurt; car la mort est la conséquence de la vie.

Toutefois, ne l'abandonnons pas encore; sa mort même doit devenir une nouvelle source de vie; car la terre végétale n'est qu'un amas de cadavres et ne s'accroît chaque jour que par la décomposition des plantes antécédentes.

VI.

Du Papillon.

Naître avec le printemps, mourir avec les roses;
Sur l'aile des zéphirs, nager dans un ciel pur;
Balancé sur le sein des fleurs à peine écloses,
S'enivrer de parfum, de lumière et d'azur;
Secouant, jeune encor, la poudre de ses ailes,
S'envoler comme un souffle aux voûtes éternelles :
Voilà du papillon le destin enchanté.
Il ressemble au désir, qui jamais ne repose,
Et, sans se satisfaire, effleurant toute chose,
Retourne enfin au ciel chercher la volupté.

LAMARTINE.

Marguerite était en train de visiter sa fenêtre, lorsqu'un papillon aux mille couleurs vint se poser sur un bouton de rose : pauvre fleur qui, quelques heures après, devait avoir parcouru la moitié de sa carrière, et qui, le lendemain, devait avoir rejoint ses sœurs de la veille.

— Bel insecte, dit-elle, que je voudrais connaître ton histoire ! Je te prendrais bien pour te contempler plus longtemps ; mais, cruelle, que ferais-je ! Prisonnier, tu souffrirais, et, défleuri par le contact de mes doigts, tu expirerais bientôt. Bel étranger qui, tout confiant, viens rendre visite à ma rose chérie, va, ne crains rien ; ce n'est pas moi qui serai la cause de ta mort, moi qui maintenant croirais faire un péché en tuant une araignée.

Et lui, comme s'il l'avait comprise, papillonnait autour d'elle, adressant ses hommages à chacune des fleurs du balcon pour s'élancer ensuite dans les cieux.

L'heure du rendez-vous arriva, et Marguerite, tout heureuse encore de sa bonne action, sollicita de son père l'histoire du papillon, le priant de lui dire aussi quelques mots de la rose, qu'il avait semblé rechercher, et qui demain, avec lui, peut-être aurait disparu.

— La rose, mon enfant, dit M. de Baledent, est une des plus belles fleurs de nos jardins, son parfum, uni à sa beauté, l'en proclame même la reine. Mais, ainsi que tu viens de le dire, Marguerite, si le matin, jeune, riche et belle, elle recueille tous les hommages, hélas ! triomphe éphémère, l'astre du jour n'a point atteint l'hori-

zon; que déjà, courbant son front pâle vers la
terre, elle la couvre des débris de sa parure.

Qui le croirait? le suave parfum de la rose a
aussi ses détracteurs. Le chevalier de Guise s'éva-
nouissait à la vue d'une rose, et Catherine de
Médicis ne pouvait même supporter l'aspect d'un
tableau représentant un bouquet de ces fleurs.
Mais, en revanche, Salomon comparait à la Sagesse
éternelle, la beauté des plantations de rosiers qui
entouraient Jéricho ; et Marc-Antoine, à son lit
de mort, voulut qu'on le couvrit de roses. Quand
Horace chantait l'éclat séduisant de leurs pétales,
les Romains les effeuillaient dans leur coupe.
Les sectateurs de Mahomet les révèrent, les
croyant teintes du sang de la sueur de leur
prophète.

Vous voulez maintenant, mes enfants, que je
vous parle du papillon? Après vous en avoir dit
quelques mots, je vous lirai dans mon *Journal du
Dimanche* un charmant article relatif à ces in-
insectes, qui, pour la légèreté de la forme et la
beauté des couleurs, ne reconnaissent point de
rivaux.

— Pourquoi, dit Émile, les couleurs, chez les
papillons, sont-elles si différentes ? Et pourquoi
celui-ci est-il revêtu du plus riche coloris, quand
celui là est terne et sombre ?

— C'est, dit M. de Baledent, que les papillons
ne vivent pas tous dans les mêmes conditions,

que les uns sont crépusculaires ou même noc-
turnes, tandis que les autres sont diurnes.

Ces derniers, les plus resplendissants de tous
et qui semblent éclos d'un rayon de soleil, sont
par conséquent aussi ceux qui vous intéressent
davantage. Vrais enfants du soleil, dit J. Franklin, de quels somptueux atours ne sont-ils pas
revêtus ! Leurs quatre ailes, larges et ouvertes
en forme d'éventail, sont peintes de couleurs si
diverses, si brillantes ! Ces ailes ont été décou-
pées par les mains de la nature sur un modèle si
parfait et si varié ! Elles resplendissent de si
beaux tons métalliques ! Sous un rayon de soleil
changeant, elles dérobent si bien à l'arc-en-ciel
les teintes irisées de son écharpe !... Et puis, il
ne faut pas regarder un seul papillon ; il faut voir
des groupes de papillons divers, volant ensemble,
comme par partie de plaisir, dans nos champs
et nos jardins. Vous reconnaîtrez alors que l'un
a ce qui manque à l'autre, qu'ils se complètent
mutuellement, et que l'association de leurs couleurs reproduit toutes les nuances de la palette
la plus riche et la plus féconde. Ces nuances si
variées, et qui caractérisent si bien l'ordre des
lépidoptères, tiennent, comme je l'ai dit, à la
présence de minces écailles, en forme de plumes,
dont les ailes de ces insectes sont revêtues. A
l'œil nu, ces écailles apparaissent sous la forme
d'une poussière fine, qu'on enlève aisément avec
les doigts ; mais, sous le microscope, on distingue

4

autant de petites membranes minces, plates, transparentes, attachées les unes aux autres par une tige courte à la surface de l'aile. Ces membranes ou plumes se rangent côte à côte, de manière qu'une série déborde l'autre, ainsi que font les tuiles d'une maison. C'est sur les ailes des papillons de jour que la nature a répandu, avec une prodigalité sans égale, les métaux, les pierreries, les couleurs les plus précieuses et les plus délicates. Ces fleurs ailées sont un des ornements de la belle saison. Le velours, la soie, la gaze, toutes les étoffes fines et élégantes ont servi à tailler leur robe.

Les papillons sont tous soumis à des métamorphoses ; c'est-à dire qu'avant de ressembler à leur père et à leur mère, ils sont obligés de passer par différentes formes qui les modifient profondément. C'est ainsi qu'un insecte qui éclôt dans l'eau et vit dans ce liquide pendant un certain temps, peut, en se transformant, vivre désormais sur la terre et dans l'air.

Avant d'arriver à l'état parfait, l'animal passe par trois états : celui de *ver*, c'est la forme qu'il présente au sortir de l'œuf ; celui de *larve*, ainsi la chenille est la larve qui sort de la peau du ver contenu dans l'œuf du papillon ; celui de *nymphe*, la chrysalide est la nymphe de la larve appelée chenille. Dans ce dernier état, la chenille, emmaillottée, ne bouge pas, ne mange pas davantage. L'état de nymphe entraîne avec lui l'immo-

bilité, le repos complet, l'abstinence de toute
nourriture solide ou liquide. C'est pendant cette
période de son existence que s'opèrent à la fois
le grand changement de forme extérieure qui va
lui donner des pattes, des ailes, et les nombreuses modifications qui ont lieu dans son intérieur.

— La nourriture, père, est-elle la même, reprit Marguerite, pendant toutes les phases de la
vie de l'insecte?

— Non, mon enfant ; les goûts de la larve sont
tout à fait différents de ceux du papillon ; et tel
insecte qui, larve, est carnassier, ne vivra plus,
à l'état parfait, que de végétaux ; tel autre qui,
à l'état de larve, est herbivore, deviendra carnassier, lorsqu'il aura subi toutes ses métamorphoses.

— Qu'entend-on par yeux à réseaux ? dit
Émile.

— Ces yeux, ajouta le père, sont des agglomé-
rations d'yeux ; les mailles qui les composent sont
chacune un œil, possédant toutes les parties es-
sentielles de cet organe.

— Mais comment peut-il y en avoir comme
cela ?

— Jusqu'à des milliers, mon fils ; il y en a jusqu'à trente-huit mille dans les deux yeux d'un
papillon, et c'est à peine si vous avez pu distinguer les yeux d'un papillon, tant ils sont petits.

Les insectes, ajouta M. de Baledent, ont été

l'objet de toute la sollicitude du Créateur ; car non-
seulement il a donné à ces frêles animaux de quoi
se défendre des attaques de leurs ennemis, mais
encore il a su les rendre redoutables en leur don-
nant des armes offensives, des mandibules, des
pinces, des cornes, des crochets venimeux. Pour
la fuite, ils ont deux ailes, ou bien ont recours
quelquefois à des sauts prodigieux que leur faci-
litent les ressorts dont sont armées leurs pattes
de derrière. Enfin, il en est qui filent rapidement
en se laissant tomber d'une grande hauteur, de
sorte qu'en un clin d'œil ils échappent aux pour-
suites de leurs adversaires.

— Rappelle-toi, père, que tu nous as promis
de nous lire un article intéressant sur les papillons.

— C'est vrai, mes enfants, je voulais vous lire
les *Mémoires d'un papillon*. Écoutez, je commence :

« Les souvenirs les plus vagues me sont restés
de ma première existence. C'est à peine si, dans
le passé lointain, dans la nuit des mois écoulés,
je retrouve la moindre conscience de ma vie et la
trace de sensations éprouvées.

« Et cependant, dans la pénombre de ce rêve
insaisissable, j'entrevois, il me semble, de flottantes images et je ne sais quelle préfiguration
de moi-même, dans laquelle j'éprouve, je l'avoue,
quelque peine à me reconnaître.

« C'était donc moi, cette rampante chenille

que je revois sans cesse dans l'évocation de ma
lointaine jeunesse, cette bête gloutonne qui, toujours accrochée à quelque feuille, la dévore avec
une avidité insatiable ?

« Hélas ! oui, je me les rappelle maintenant,
ces jours d'existence grossière où, sans cesse ai-
guillonnée par le besoin, je mangeais, mangeais
sans cesse, comme emportée par un irrésistible
courant de vitalité absorbante !

« Quelle honte ! Et cependant je m'explique
aujourd'hui ces besoins impérieux ; je la comprends, cette impulsion organique qui me poussait, larve informe, vers un avenir de développement et de floraison. Mais alors nul sentiment,
nulle pensée, nulle prévision de mon épanouissement futur. Et de quel secours eût été pour
moi, cependant, le pressentiment de cet avenir
dans mes crises périodiques de défaillance !

« La douleur est-elle donc en ce monde, une
loi si nécessaire, qu'un pauvre papillon ne puisse
arriver à ses ailes qu'après avoir subi jusqu'à la
dernière la série de ses mortelles souffrances ?

« De semaine en semaine, je me sentais as-
saillie par des langueurs indéfinissables. Une
sorte de catalepsie douloureuse m'envahissait le
corps tout entier. Cette faim toujours inassouvie,
cette ardeur dévorante qui résumait toutes mes
facultés, cédait elle-même et reculait devant la
crise redoutable ; et ce n'était qu'après une ten-
sion générale de tout mon être et une sorte d'a-

gonie remplie des plus étranges visions, que je
sentais enfin le secours de la délivrance, après
laquelle ma peau fendue et crispée se roulait sur
elle-même et se détachait de moi comme un
suaire déchiré.

« Il est vrai qu'après chacune de ces phases
douloureuses, je me raccrochais à la vie avec
une énergie toute renouvelée. Je sentais mon
corps s'accroître rapidement. Les teintes vagues
et grisâtres de mon enfance se modifiaient également et.... tout à mon avantage. Je finis par revêtir une livrée d'un noir magnifique. Les épines
dont chacun de mes anneaux était hérissé miroi-
taient de l'éclat sombre d'une dague d'acier
bruni, et sur l'opulent velours de ma robe étin-
celaient, par rangées circulaires, des ceintures
de perles d'une éclatante blancheur.

« Je dois avouer, pour être sincère, que la
contemplation prolongée de mes avantages per-
sonnels me troubla légèrement la cervelle, ou
tout au moins me pourvut d'une provision de fa-
tuité mesurée à si haute dose, qu'après une dernière et quatrième mue, je me crus arrivée à la
perfection. Je me considérais donc tout naïve-
ment comme le résumé des merveilles de la nature, lorsque m'advint une aventure qui me
plongea dans un véritable océan de doutes, d'é-
tonnements et de perplexités.

« Ce jour-là, jour mémorable entre tous, je
me trouvais à l'extrémité d'un superbe pied de

houblon que soutenait un échalas gigantesque.
C'était au sortir d'une touffe d'ortie, dévastée en
quelques semaines, que j'avais livré ce nouveau
champ à mon activité. J'avais employé une nuit
entière à cette escalade hardie, mangeant, grimpant et dormant tour à tour. Le lendemain, au
grand jour, j'arrivai au sommet, glorieuse et re-
pue. Cambrée sur mes crampons d'arrière, je m'é-
tais redressée fièrement, et planais, pour ainsi
dire, dans l'air frais du matin, sur une haute et
frêle tige que balançait le vent. Le soleil resplen-
dissait et pénétrait de lueurs dorées les feuilles
où je m'accrochais. Ces feuilles, nouvelles pour
moi, et dont j'avais, pendant la nuit précédente,
apprécié l'énergique saveur et les vivifiantes ver-
tus, m'avaient remplie d'une vitalité inconnue
jusqu'alors. Je me sentais jeune, forte, capable
des plus grandes choses ; et je me rappelle avoir,
en ce moment, toisé d'un regard plus que dédai-
gneux mon pied de houblon, auquel je ne réser-
vais, à part moi, d'autre sort que celui de l'in-
fortunée touffe d'ortie dont je voyais les tiges
dépouillées se dresser vainement vers le ciel
comme pour lui demander vengeance.

« Je ne sais quel phénomène s'opéra dès lors
dans mon organisme ; mais cette surabondance
de vie m'arracha momentanément à mes préoc-
cupations purement matérielles. Pour la première fois, je m'aperçus du dehors, des choses
qui n'étaient pas moi, de l'*objectif*, en un mot,

s'il était permis à une pauvre chenille de faire
de la philosophie. Je compris aussi, et cela me
causa une surprise mêlée de quelque désappoin-
tement, que je n'étais pas seule au monde. Je
m'étais assez vite faite à l'idée que l'univers avait
été créé pour moi. Je vis donc le ciel bleu, un
immense horizon, de la lumière, des couleurs,
d'énormes animaux à formes étranges, qui s'agi-
taient et paraissaient brouter dans une prairie,
et je me tenais à ma branche, immobile, rêveuse,
cherchant à voir clair dans le chaos de mes sensations nouvelles, lorsque se précipita sur moi
un point noir, une ombre, je ne sais.... Je fis, à
tout hasard, un mouvement brusque, et enten-
dis un horrible craquement de mandibules qui se
fermaient !... En même temps, une violente se-
cousse me fit lâcher prise et tomber de ma
branche.

« Par suite de quel cataclysme fus-je ainsi
précipitée dans l'espace ? Je l'ignorais alors, et
ne m'en suis rendu compte que depuis. C'était
sans doute un oiseau qui avait failli me happer
en passant.

« Quoi qu"il en soit, je me mis à rouler de
branche en branche, et finis par tomber, demi-
morte, au pied de l'arbre, où, dans une convulsion que je crus être la dernière, je m'accroche
au hasard.... à une feuille qui, ô prodige ! se dé-
bat sous mon étreinte, me renverse d'un coup
d'aile et s'envole ! Cette feuille était un papillon,

Je le vis voltiger quelques instants autour de moi, puis disparaître au loin dans l'espace.

« J'avoue qu'en cet instant le vertige s'empara de ma pauvre cervelle bouleversée. Je regardais avec stupeur s'enfuir l'insecte merveilleux ; jalouse de son bonheur, humiliée de mon impuissance, tout endolorie encore de ma chute horrible, j'en étais presque à me demander s'il n'eût pas mieux valu que cette chute eût mis un terme.... Toutes sortes d'idées funèbres me passèrent dans le cerveau..., lorsque je ne sais quel éblouissement ou quelle révélation se fit soudain devant mes yeux. Et moi aussi, m'écriai-je, moi aussi peut-être, un jour, pourrais-je m'envoler comme lui !

« Mais ce pressentiment, cette vision prophétique, ne fut qu'un éclair. Bien vite je retombai dans le sentiment de ma misère, et demeurai là, sous mon arbre, mécontente et préoccupée.

« Dès ce jour-là, je fus triste. Ma mélancolie devint morbide ; l'appétit s'en alla, symptôme inquiétant ! Je me sentis peu à peu perdre mes couleurs, et ne pus, un jour, réprimer une subite impression de dégoût en présence de ces mêmes feuilles qui, jusqu'alors, avaient été l'unique objet de mes incessants désirs. Je compris alors que c'en était fait de moi, et m'acheminai lentement, pour y mourir, à l'extrémité d'une branche solitaire. Là, sous l'étreinte d'une angoisse plus douloureuse qu'aucune de celles que j'avais

4.

éprouvées dans mes crises précédentes, je sentis
peu à peu tout mon être se dissoudre. Saisie de
vertige, je filai à la hâte quelques fils que j'assu-
jettis à la branche, et puis, mourante, je me sus-
pendis la tête en bas.

« Mais je ne mourus point. Il n'est pas, toutefois, d'expression qui puisse donner une idée des
sensations étranges qui se succédèrent en moi
pendant un temps dont il m'a été impossible
d'apprécier la durée.

« Après une série de défaillances d'où m'arra-
chaient parfois des réactions inexplicables qui
ressemblaient à des protestations de la vie contre
la mort, je finis par changer complétement d'aspect. Mes formes se raccourcirent ; ma tête, mes
pattes, tous mes organes précédents disparurent
dans cette singulière concentration de tous les
éléments de mon être, et, de chenille, je devins
chrysalide.

« Ce fut alors que commença une phase toute
remplie de visions fantastiques et de phénomènes
inconnus. Isolée dans la nature par l'absence de
tout moyen de communication avec le dehors, je
vécus d'une existence qui n'a de nom dans aucune
langue. C'était comme une vie en expectative
dans le plus vague des limbes, comme l'incarna-
tion d'un songe. Je me sentais plongée dans des
flots d'une lumière douteuse et verdâtre, semblable à celle que doit apercevoir du fond des
eaux le plongeur qui remonte à la surface.

« Des murmures confus commencèrent par
bercer ma douce somnolence, et puis, insensible
d'abord aux manifestations du monde extérieur,
je finis, moyennant le développement progressif
de mes nouveaux organes, par percevoir ces
mille bruits imperceptibles, ces mille harmonies
mystérieuses de la nature, qui, émanant de toutes
choses, des ondulations de l'air, des vibrations
de la lumière, de la séve qui monte, de la brise
qui passe ou de la plante qui fleurit, semblent
être la grande voix de la nature, qui incessamment palpite et chante l'hymne triomphal de la
vie.

« Dans cette existence sans nom, je flottais de
rêve en rêve. Devant mes yeux de larve passaient
et repassaient des tourbillons lumineux où de
vagues formes d'ailes papillonnaient et miroi-
taient sans cesse, et me plongeaient dans d'inef-
fables extases. Ces ailes revenaient toujours et se
multipliaient sans nombre. C'était l'idée domi-
nante de ma vie, l'éternel spectacle dont s'eni-
vrait mon regard ; et, après le spectacle vint le
drame. Il me sembla bientôt que ce tourbillon,
d'abord lointain, se rapprochait insensiblement
de moi, puis m'enveloppait comme d'un nuage
lumineux, tandis que les flottantes ailes, m'en-
tourant de leurs soyeux attouchements, finissaient
par devenir miennes et me soulevaient alors éper-
due, enivrée, m'emportant avec elles dans les
profondeurs de l'azur.

« Combien dura cet enchantement mystérieux ?
Des jours, des mois, des siècles ? Je l'ignore.
Tout ce dont je me souviens, c'est que je me
sentis un jour tressaillir sous l'influence d'une
vie nouvelle. Dans la matière informe dont j'é-
tais composée se manifesta une force plastique qui
me doua de nouveaux organes. Ces ailes tant
rêvées se formulèrent peu à peu, comme créées
par l'intensité de mes désirs. Mon enveloppe,
d'abord verdâtre, se colora d'une riche teinte
brune sur laquelle resplendissaient de grandes
plaques d'or. Puis enfin, l'heure sonna. Un électrique frisson parcourut tout mon être, qui se
tordit dans une convulsion suprême. — De la
lumière et des ailes ! m'écriai-je. Ma chrysalide
alors éclata, se fendit, et mes yeux, ma tête
entière, ocellée de milliers de facettes, émergea
des ténèbres et se plongea dans l'océan de la lumière.

« Dire ce que j'éprouvai, dans ce moment inef-
fable, de transports et de ravissements, c'est
chose impossible. Délivrée de mon suaire et bien
vite séchée par les doux rayons du soleil, je vis
mes ailes, d'abord humides et plissées, se dé-
rouler et grandir presque instantanément. Je les
agitai avec rapidité, me sentis soulevée par elles ;
un joyeux délire s'empara de moi, et je m'élançai
dans l'espace.

« Je puis vous dire maintenant qui je suis.
Jusqu'à ce moment, chenille obscure, chrysalide

inconnue, j'avais passé sans nom sur la terre ;
mais il en fut autrement dès l'instant glorieux de
ma résurrection.

« Je me nomme *Io* ou *Paon de jour*. J'appartiens
à la noble famille des *Vanessa*. J'ai pour cousins
le splendide *Vulcain* à l'écharpe de feu, le grand
Morio au manteau de velours frangé d'or pâle, et
les *Tortues* aux éclatantes mouchetures ; moi-même
je n'ai pas de rival en Europe. Sur chacune de
mes quatre ailes mordorées, s'ouvre un grand
œil où miroite la lumière ; puis les nuances se
mêlent aux nuances, la sépia se marie au gris-
perle, et nul ne saurait dire quels reflets cha-
toyants jette, sous un rayon de soleil, chacune de
mes plumes irisées.

« Pendant les premiers jours de ma nouvelle
existence, la vie ne fut pour moi qu'une série
d'enthousiasmes, qu'une succession de transports.
Des bois à la plaine et de la plaine au vallon, je
ne me lassais pas de voltiger sans relâche, me
laissant emporter par les zéphirs parfumés et
me perdant avec délices dans les champs bleus
de l'infini.

« Puis ce furent les fleurs qui m'attirèrent. Je
ne vis en elle tout d'abord que des papillons
comme moi, à tel point que je les engageais à
me suivre. Je rencontrai ma papillonne dans un
brillant parterre, sur les pétales d'un grand iris
exotique, et j'hésitai quelques instants, tant se

ressemblaient les deux sœurs, la fleur animée et la fleur immobile.

« Ensemble nous nous envolâmes, et dès cet instant commença pour moi une série de jours heureux, dont le souvenir me paraît aujourd'hui d'autant plus doux qu'ils ont été suivis de bien des amertumes.

« Enfin, j'ai quitté le pays ; je me suis enfui vers les montagnes où les froids aquilons devancent l'hiver, et là, sous les rayons d'un soleil pâle, au milieu d'une nature dont l'aspect désolé répond aux tristesses mortelles de mon cœur, je vais attendre que la dernière brise d'automne emporte et roule, parmi les feuilles sèches, les débris de mes ailes décolorées. » (Ed. GRIMARD.)

— Ainsi, reprit Marguerite, c'est un de ces êtres intéressants qui, ce matin, est venu me visiter ainsi que ma rose, et j'ai eu un instant la pensée de le faire prisonnier ! mais, ajouta-t-elle, je me suis immédiatement rappelé, père, ton histoire de l'araignée, et je l'ai laissé, libre, s'envoler vers les cieux, où je l'ai perdu de vue. Peut-être sa papillonne l'attendait-elle là haut. Qu'aurais-je fait, mon Dieu ? Comme, sans méchante intention, nous pouvons causer de peines et de douleurs.

— Il faut, en effet, peu de chose, dit en terminant M. de Baledent, pour défraîchir ces créatures charmantes ; le plus simple attouchement de tes doigts délicats peut produire sur eux une profonde blessure dont ils ne se relèvent pas toujours. Et quoi de plus beau que de voir voltiger de fleur en fleur ces insectes éblouissants, où étincellent l'or et l'émeraude, le saphir et le rubis ?

VII.

Des Solanées. — De la Pomme de terre. — Parmentier.

— Père, dit Marguerite, tu m'as promis de nous parler aujourd'hui de cette plante dont tu m'as défendu hier de manger les fruits, et que tu m'as dit être de la même famille que le tabac, dont une plante croît sur notre fenêtre.

— Les plantes qui composent cette nombreuse famille, reprit M. de Baledent, sont presque toutes, en effet, très-dangereuses. Ne remarquez-vous pas leur air sombre et l'odeur nauséabonde

qu'elles répandent autour d'elles ? Linnée les ap-
pelait plantes *livides*. Semblables aux êtres mal-
faisants qui recherchent les ténèbres, elles fuient
ordinairement toute société et agissent dans
l'ombre ; car les vapeurs qu'elles exhalent du
fond de leur retraite sont empoisonnées ; et malheur à qui les respire ! Leurs fruits ont parfois
une grande ressemblance avec les cerises et les
guignes ; mais si vous en goûtez, vous êtes
perdu ; car ils portent la mort avec eux. Tu dois
comprendre, Marguerite, pourquoi je t'ai défendu
de toucher à la belladone. Tu la reconnaîtra
toujours à ces fleurs d'un rouge terne, vineux
et à la couleur noire de ses baies. Elle fleurit de
juin à août, et se plaît dans les lieux sombres et
déserts. Que de victimes elle a faites ! Si j'avais
plus de temps, je vous raconterais son histoire.
Elle possède la singulière propriété de dilater la
pupille, et son introduction dans l'estomac peut
déterminer une cécité complète. Ce phénomène
est souvent accompagné de maux de tête, de vomissements, de vertiges; et si la dose est un peu
considérable, la mort en est ordinairement le
résultat. Linnée pour rappeler les propriétés
malfaisantes de la belladone, la nomma *atropa*,
de Atropos, divinité des enfers chargée de couper le fil de la vie des hommes.

Voyez maintenant notre plante de tabac, qui
porte de jolies panicules de fleurs rosés. Son
nom rappelle l'île de Tabago, où elle fut d'abord

connue. Le tabac fut introduit en France en 1559, par Jean Nicot ambassadeur de François II en Portugal. C'est pourquoi on le nomme aussi quelquefois nicotiane. Pauvre plante que de vicissitudes elle a éprouvées depuis qu'on s'est imaginé de fumer ses feuilles et d'en aspirer la poudre par le nez !

D'abord vantée outre mesure, elle a été ensuite persécutée par Jacques I.er, roi d'Angleterre, qui écrivit un pamphlet contre elle, par Amurat II et le grand-duc de Moscovie, qui faisaient couper le nez à tous les priseurs.

La nicotine, que renferme le tabac dans ses tissus, est effectivement un poison très-énergique qui produit des nausées, des vomissements et des vertiges, c'est-à-dire à peu près les mêmes effets que la belladone, sans toutefois dilater la pupille. Quoi qu'il en soit, l'usage a prévalu, et on consent à subir quelque temps ces inconvénients pour s'y conformer. De là vient que la régie des tabacs rapporte annuellement plus de 80 millions de francs au gouvernement. Cette habitude est si invétérée dans toute les régions du globe, que les Schilucks, à défaut de tabac, vont jusqu'à fumer du charbon dans d'énormes pipes en terre rouge, assez semblables pour la forme aux pipes allemandes.

Les propriétés médicales du tabac sont fort restreintes. Tout le monde connaît la fin du poète Santeuil, qui mourut dans des tourments hor-

ribles, pour avoir bu une tasse de café auquel on
avait mélangé une pincée de tabac d'Espagne.
L'usage extérieur même n'est pas sans inconvénients. On lit dans les *Éphémérides des Curieux
de la Nature* que des enfants atteints de la teigne
éprouvèrent des vomissements et des syncopes,
pour avoir été pansés avec une pommade dans
laquelle entrait du tabac. Le tabac que l'on fume
en France ne ressemble en rien à celui qui fait
les délices des Orientaux, et que les femmes afri-
caines et espagnoles trouvent tant de charmes
à fumer.

Les meilleures tabacs sont de quatre sortes : le
tabac de *Havane*, qui est fort rare ; le *latakieh*,
que l'on fume en Syrie et qui est le meilleur de
l'Orient ; le *chirazi*, que les femmes recherchent
le plus, et dont la vapeur se débarrasse de son
âcreté en traversant des vases de verre remplis
d'eau ; et enfin le *stambouli*, connu sous le nom
de tabac turc ou tabac de Constantinople, qui
est d'un beau jaune doré et fin comme de la soie.
Tous ces tabacs ont un parfum délicieux, qui ne
rappelle nullement celui de France.

La jusquiame lugubre, dont je veux aussi vous
dire quelques mots, mes chers enfants, parce
qu'elle est fort commune le long de nos chemins,
exhale des vapeurs qui seules peuvent produire
des vertiges. Wepffer raconte que tout un cou-
vent fut empoisonné pour avoir mangé de la chi-
corée dans laquelle on avait mêlé deux racines de

jusquiame noire, que l'on avait confondues avec
celle du panais. Un délire souvent furieux, suivi
des visions les plus bizarres, est fréquemment la
suite de son introduction dans l'estomac. Vous
pourrez lire dans Sauvage l'histoire d'une pauvre
femme qui, pour avoir bu une décoction de cette
plante, fut prise de délire et voyait sa tête
détachée de ses épaules et son corps errer dans
l'air.

Le datura stramonium, qui appartient également à cette famille des solanées, possède
une odeur fétide qui infecte certaine cam-
pagne, et il jouit de la singulière propriété d'obs-
curcir et parfois de faire perdre complétement
la mémoire. Des filous mirent à profit cette propriété pour s'emparer des richesses des voya-
geurs. Sauvage rapporte que fréquemment, sur
les grandes routes, les voleurs dévalisaient les
passants, après les avoir plongé dans un profond
sommeil en mélangeant à leur vin des semences
de cette plante. A cet état de somnolence succède ordinairement un délire qui peut durer des
jours entiers. Garidel rapporte, en effet, que,
pour avoir été ainsi trompés par des malfaiteurs,
le bourreau d'Aix et sa femme dansèrent tout nus
dans un cimetière pendant la nuit. L'odeur seule
du datura est funeste. On rapporte qu'une famille tout entière fut prise, pendant plusieurs
jours, de maux de tête violents, accompagnés
d'un malaise général. La cause était dans un

datura arborea en fleur qui se trouvait sur un balcon. On l'ôta, et dès le lendemain tous les symptômes avaient disparu.

C'est encore à cette famille qu'appartient la mandragore, dont les racines offrent une grande analogie avec les formes humaines. Elle passait pour être animée par un esprit et douée d'une sensibilité qu'elle avait le pouvoir d'exprimer par des cris et des gémissements. Elle faisait entendre pendant la nuit des chants harmonieux, et sa voix, pour qui parvenait à l'entendre, était un heureux présage.

Chose étrange ! quand les solanées ne donnent point la mort, elles constituent des aliments très-sains. C'est ainsi que la tomate édule ou *pomme d'amour*, de Galien, fournit la tomate que l'on sert fréquemment sur nos tables, et que la morelle tubéreuse ou pomme de terre est la plante la plus utile à l'homme, après les céréales.

Gloire à Parmentier, qui donna la santé et l'aisance à des milliers de malheureux destinés à mourir de faim et de misère pendant les affreuses disettes qui ont parfois désolé la France ! Les indigents lui doivent leur pain.

Et pourtant, pauvre plante, de combien de mépris tu as été l'objet de la part de ceux à qui tu venais apporter la vie ! « C'est un poison », disaient les uns. « Elle produit la lèpre, » disaient les autres.

Parmentier ne se rebuta point, et Louis XVI, pour seconder ses efforts, ne craignit point, malgré les sourires railleurs de ses courtisans, d'orner sa boutonnière d'un bouquet de ces précieuses fleurs. Les murmures continuèrent. Parmentier usa d'un moyen plus ingénieux encore et qui réussit parfaitement : il planta un champ de pommes de terre et mit aux quatre coins un écriteau qui en interdisait l'entrée. De ce jour, la cause de la pomme de terre fut gagnée; car l'envie vint de goûter du fruit défendu. C'était le vœu le plus cher du modeste philanthrope.

La pomme de terre, apportée des Andes du Pérou en Europe, au XVIe siècle, était déjà depuis longtemps cultivée en Italie, en Allemagne, et même, par les soins de Turgot, dans le Midi de la France, lorsque Parmentier la vulgarisa et en étendit la culture sur tout le territoire français.

Mais je m'arrête, mes chers enfants ; l'heure est déjà venue, et ce que je viens de vous dire suffit bien pour vous donner une idée de l'histoire de cette plante curieuse qui a soulagé tant de misères.

— Oui, reprit Marguerite ; mais celui qui l'a ainsi fait connaître mérite bien toute notre reconnaissance, et je suis sûre qu'Émile serait aussi désireux que moi de connaître sa vie.

— Le nom de Parmentier (Antoine-Augustin) est assurément, mes enfants, de tous ceux des bien-

faiteurs de l'humanité, celui qui mérite le plus
d'être offert aux hommages et à la reconnaissance
de la postérité. Né en 1737, à Montdidier, privé
de son père dès sa plus tendre enfance, il fut
élevé par sa mère et confié aux soins d'un brave
curé, ami de sa famille, qui lui enseigna les premiers éléments de la langue latine. Impatient de
rendre à ses parents une partie des bienfaits qu'il
en avait reçus, le jeune Parmentier entra chez un
apothicaire de son pays, et de là se rendit à Paris
chez un de ses parents qui exerçait la même pro-
fession.

Agé de vingt ans, il partit pour l'armée et se
distingua à la guerre de Hanovre par son coura-
geux dévouement envers nos braves soldats, au
milieu de l'affreuse épidémie qui décima ce que
le fer de l'ennemi n'avait su vaincre.

Intrépide au milieu du combat, il fut fait cinq
fois prisonnier, et il se plaisait à rappeler dans la
suite l'habileté avec laquelle les hussards prus-
siens l'avaient déshabillé. « C'étaient, disait-il,
les meilleurs valets de chambre qu'il eût jamais
rencontrés. » Réduit à la ration des prisonniers,
que l'on nourrissait de pommes de terre, Parmentier laissait ses compagnons s'indigner de cet
aliment et réfléchissait à tout le bien que l'on
pouvait en tirer. Aussi, de retour à Paris en 1763,
il se mit résolûment à l'étude, suivit les cours de
chimie des frères Douelle, ceux de physique
de l'abbé Nollet, et assista aux herborisations de

Bernard de Jussieu. Mais, joignant à son goût prononcé pour la science une bien modique aisance, le jeune Augustin était contraint de s'imposer les plus dures privations pour payer ses maîtres, s'acheter des livres, et, malgré tout cela, soutenir sa pauvre mère.

Il obtint en 1766, par concours, la place de pharmacien-adjoint aux Invalides ; et trois ans plus tard, on récompensait ses services et son dévouement en lui décernant le brevet de pharmacien-major.

C'est alors qu'il put faire germer le dessein qu'il avait formé, lors de sa captivité, d'étudier la pomme de terre, qu'un préjugé populaire faisait regarder comme une espèce de poison, épuisant les terres auxquelles on la confiait et développant chez ceux qui en mangeaient la lèpre et toutes sortes de maladies affreuses.

Parmentier n'ignorait pas combien il est difficile de triompher de la routine ; mais, voyant un si grand avenir attaché à son projet, il sollicita la protection du roi, qui mit immédiatement à sa disposition cinquante arpents de la plaine des Sablons. Plantée dans ces sables stériles qui avaient été pour la première fois labourés par les soins de Parmentier, la fameuse plante fleurit à merveille, et ses premières fleurs furent offertes à Louis XVI, qui, ainsi que je vous l'ai dit, mes enfants, ne craignait point, malgré les railleries de ses courtisans, d'en parer la boutonnière de

son habit. Bientôt Parmentier reçut la nouvelle
que ses pommes de terre, objet du mépris de
tous, avaient disparu pendant la nuit. « Si l'on
vole la pomme de terre, s'écria-t-il, c'est qu'il
n'existe plus de préjugé contre elle. » Et, plein
de joie, il récompensa celui qui lui avait apporté
cette nouvelle. Quelque temps après, les notabi-
lités de l'époque, les Franklin, les Lavoisier,
étaient invités par l'illustre philanthrope à faire
un repas de pommes de terre. Le tubercule de la
plaine des Sablons y figura sous toutes les formes;
les liqueurs elles-mêmes en provenaient; de sorte
qu'en peu de temps elle acquit une grande renom-
mée et fut placée au premier rang parmi les
richesses agricoles de la France.

Lors de la Révolution, Parmentier, regardé
comme suspect, fut dépouillé de sa pension et
privé de son logement aux Invalides.

« Qu'on ne me parle pas de ce Parmentier, disait
un orateur de club; il ne nous ferait manger que
des pommes de terre ; c'est lui qui les a
inventées. »

Pendant toute l'époque de l'Empire, Parmentier
fut apprécié comme il le méritait, estimé et honoré de tous les savants.

Mais bientôt il devait être enlevé à l'humanité,
cet homme qui lui avait rendu tant de services ;
car sa santé s'altéra considérablement à la mort
d'une sœur, et il succomba à la suite d'une grave
maladie, le 17 décembre 1813.

5

Ainsi s'éteignit cet homme de bien qui a rendu la famine impossible en France, et qui, dans tous les âges futurs comme aujourd'hui, sera honoré comme un des plus grands bienfaiteurs de l'humanité.

VIII.

Du Cousin.

— Je vais vous entretenir aujourd'hui, mes chers enfants, du *cousin*, cet insecte incommode qui nous gêne depuis quelque temps, et que nous ne parviendrons à chasser de nos chambres à coucher qu'en y faisant fumer quelques branches de genièvre et en ouvrant les fenêtres en même temps.

— C'est vrai, reprit Marguerite ; je suis toute mangée la nuit par ces vilaines bêtes, qui ne servent qu'à faire du mal et n'ont aucune utilité. Mais à quoi bon nous en occuper ? Tuons-les au plus vite, et entretiens-nous plutôt des abeilles ou des fourmis qui fréquentent aussi notre fenêtre, et dont je voudrais bien connaître l'histoire.

— Un instant, mon enfant, ajouta le père ; si les savants avaient fait comme toi, s'ils s'étaient pris de mépris pour ces animaux, nous serions privés d'une des plus curieuses histoires d'insectes que nous connaissions. Laisse-moi, au contraire, te dire quelques mots de cette petite mouche. Toutes ne sont-elles pas dignes d'attention, surtout quand on songe qu'elles n'ont pas paru indignes à l'auteur de l'univers d'obtenir les avantages d'une riche parure, d'armes pour attaquer comme pour se défendre, et enfin d'un instinct et d'une intelligence dont nous ne pouvons nous empêcher d'admirer les résultats ?

Bientôt nous recueillerons sur les eaux stagnantes quelques débris de feuilles couvertes d'œufs de cousins ; alors, au lieu de détourner les yeux et de te contenter de maudire l'insecte malfaisant qui a produit cette *graine*, tu suivras dans un verre où nous la recueillerons toutes les métamorphoses qu'elle sera obligée de subir avant d'arriver à l'état d'insecte parfait.

Il est vrai, mes enfants, que le cousin commun de nos climats, malgré sa petite taille, est un des insectes dont le voisinage est le plus incommode. C'est sous les ombrages, ainsi que vous pouvez le lire dans notre *Magasin pittoresque*, pendant les brûlantes journées de l'été, et sur-

tout au coucher du soleil, au moment où l'on
croit pouvoir jouir enfin de la fraîcheur, que ces
moucherons si frêles viennent se poser sur la
peau la plus délicate, pour y enfoncer leur dard
subtil et se gorger du sang ou plutôt des fines
humeurs qu'ils savent pomper. Ce dard, cette
trompe dont ils sont armés, est d'une ténuité
telle, qu'on sent d'abord à peine leur piqûre :
ce n'est même pas toute leur trompe que les cousins font pénétrer dans notre peau, c'est simplement un petit stylet intérieur composé de quatre
lames parallèles si minces, qu'il en faudrait une
centaine pour former une aiguille de moyenne
grosseur ; mais entre les lames de ce stylet coule
un venin destiné à augmenter l'irritation pour
faire affluer les humeurs au gré de l'insecte al-
téré. L'action de cette infiniment petite portion
de venin détermine bientôt un gonflement et une
démangeaison qui nous porte à gratter l'épiderme
blessé. Lorsque les piqûres sont nombreuses, il
en résulte une souffrance réelle et une incom-
modité grave ; aussi, dans les pays chauds, où
la propagation des diverses espèces de cousins a
lieu si rapidement, on a dû chercher les moyens
de s'en préserver au moins pendant la nuit. Mais
les rideaux de gaze, les cousinières, les moustiquaires dont on s'entoure pendant le sommeil,
ont un grave inconvénient ; ils empêchent la libre
circulation de l'air et son renouvellement dans
une saison où l'on respire avec tant de difficulté,

sous une atmosphère lourde et immobile. De
même, les vêtements épais, qui préserveraient
en partie de la piqûre des cousins, sont insup-
portables en été, et la trompe de ces insectes
traverse sans peine les vêtements légers. Le pro-
verbe sur les effets de la peur du mal s'applique-
rait parfaitement aux cruelles appréhensions que
cause aux personnes délicates la petite guerre
nocturne qu'il leur faut soutenir avec ces invisibles ennemis ailés. Quand on a été une fois
exposé, la nuit, aux dangereuses visites des
cousins, on devient si attentif, qu'on distingue
de très-loin le bruit de leurs ailes, bruit si aigu,
qu'aucun instrument de musique ne produit des
vibrations aussi multipliées ; on devient si im-
pressionnable, que l'on sent au point où se posent
leurs pieds si déliés, leur poids, qui est à peine
d'un centième de milligramme.

« Si nous considérons, dit Karr, le mal que
cet animal nous fait, non pas relativement à la
douleur que nous ressentons, mais proportion-
nellement à sa taille, relativement à la manière
dont il procède, à sa voracité, qui le fait s'ex-
poser à la mort sans essayer de fuir une fois
qu'il est à même notre sang, et jusqu'à ce qu'il en
soit gonflé comme une outre et au point d'être
méconnaissable ; si l'on considère aussi la forme
cruelle de ses armes, qui, en outre, sont toutes
empoisonnées, comme le prouvent l'irritation et
les tumeurs que causent leurs blessures, il faut

avouer que nous ne connaissons pas dans la nature d'animal aussi féroce et aussi sanguinaire.»

— Je ne me serais jamais imaginé, reprit Marguerite, que le bon Dieu avait si bien organisé un animal aussi petit ; il pourrait, sous ce rapport, faire concurrence au plus gros mammifère.

— C'est pourquoi, mon enfant, répondit M. de Baledent, il ne faut rien mépriser dans la nature. Avouons souvent notre ignorance, mais ne jetons jamais un regard de dédain sur une seule des œuvres de Dieu.

— Quand on est mordu par ces insectes, père, reprit Marguerite, que fait-on contre leurs piqûres ?

— Il suffit, mon enfant, d'appliquer sur les points douloureux un peu d'alcali volatil. Mais continuons. « C'est dans les petits réservoirs d'eau, dit Buffon, qu'il est le plus facile d'étudier les métamorphoses successives du cousin, sujet qui a excité l'admiration de Swammerdam, de Réamur et des plus illustres naturalistes. Aucun autre exemple ne montre peut-être, en effet, plus clairement et plus complétement le phénomène des transformations successives d'un animal aquatique herbivore et un insecte ailé habitant de l'air et vivant exclusivement du sang des animaux. Si, pendant la saison chaude, on puise avec un bocal un peu d'eau dans les tonneaux d'arrosage d'un jardin, on voit flotter à la

surface de petits amas d'œufs de cousin ; ils sont
oblongs, agglutinés de manière à former une petite masse flottante, et ils ont à leur extrémité inférieure une sorte de petit goulot toujours plongé
dans le liquide et servant à la sortie de la larve
naissante. On voit aussi dans cette eau des milliers
de petits animaux vivants, les uns si petits, qu'ils
paraissent à l'œil nu comme des grains de poussière
nageant çà et là : ce sont des infusoires qu'on ne
distingue bien qu'avec le microscope ; d'autres,
blanchâtres, longs d'un à trois millimètres, se
meuvent brusquement par saccades : ce sont de
petits crustacés ou entomostracées, qu'avec le
secours d'une forte loupe on peut déjà distinguer
suffisamment ; d'autres enfin, noirâtres, allongés,
longs de deux à six millimètres, se meuvent en
se courbant alternativement de côté et d'autre
pour s'enfoncer dans le liquide, après avoir respiré à la surface : ce sont les larves et les
nymphes de cousin, celles-ci toutes de la même
grandeur, celles-là plus ou moins grandes, suivant leur âge. Depuis leur sortie de l'œuf jusqu'à
leur transformation en nymphes, ces petits êtres
n'ont pas cessé de s'accroître, en changeant de
peau quatre fois, sans changer notablement de
forme. La larve ressemble à une petite chenille
qui, au lieu de pieds, aurait une touffe de poils
de chaque côté à ses divers segments, et dont le
dernier segment serait prolongé en un tube respiratoire. La tête de moyenne grosseur, est dé-

pourvue d'yeux réticulés, et porte deux antennes courbes hérissées. La bouche, au lieu de mâchoires et de mandibules, porte de larges palettes bordées de poils en éventail ; c'est par l'agitation de ces éventails que sont produits dans le liquide les petits tourbillons destinés à amener à la bouche les parcelles organiques flottant dans les eaux : on observe le même phénomène chez les rotifères et chez la plupart des infusoires. »

— Les rotifères, mon père, reprit Émile, ne sont-ce pas ces petits animaux qui, une fois desséchés et morts, peuvent ressusciter aussitôt qu'on leur redonne de l'eau ?

— C'est bien à ces animaux, mon enfant, que des hommes souvent consciencieux, il est vrai, mais presque toujours amis du merveilleux, ont attribué cette fameuse propriété ; de nouvelles recherches sont venues dernièrement détruire tous ces contes. Mais achevons de décrire nos larves. « Les trois premiers segments qui suivent la tête sont beaucoup plus volumineux et comme soudés en une seule masse globuleuse, représentant le thorax de l'insecte parfait ; mais les trois houppes de poils implantés latéralement indiquent suffisamment que c'est en effet une réunion de trois segments. Les huit segments qui viennent ensuite sont plus étroits, presque cylindriques, gonflés au milieu. Le dernier porte deux appendices inégaux ; l'un, inférieur, garni

5.

de longues soies et de lamelles transparentes au
nombre de quatre, contient la terminaison de
l'intestin ; c'est en quelque sorte un dernier
segment abdominal ; l'autre, supérieur, plus
long, dirigé obliquement, est un tuyau ou tube
respiratoire destiné à aspirer l'air à la surface
du liquide. De l'extrémité de ce tuyau partent
deux gros canaux aérifères qui courent parallè-
lement dans tout le corps de la larve, et qui
donnent naissance à des canaux plus fins qu'on
nomme les trachées, ramifiés dans l'intérieur,
portant l'air et la vie à tous les organes. Cet ensemble de canaux remplis d'air rend nécessaire-
ment la larve de cousin plus légère que l'eau ;
aussi revient-elle tout naturellement et sans
effort fixer son tube respiratoire à la surface de
l'eau, où elle reste suspendue la tête en bas,
faisant jouer les éventails jusqu'à ce qu'une se-
cousse ou quelque autre cause l'oblige à s'enfoncer dans le liquide, ce qu'elle fait en se courbant de côté et d'autre avec vivacité. Ainsi l'air,
déjà nécessaire à la conservation des œufs que
l'on voit voguer à la surface, ne cesse point d'être
indispensable aux larves qui sont sorties de ces
œufs par le petit goulot plongeant dans l'eau.
Les uns et les autres, comme les nymphes dont
nous allons parler, ou les cousins eux-mêmes, ne
tarderaient pas à périr, si on les privait du contact de l'air. Voilà pourquoi quelques gouttes
d'huile répandues en lame très-mince sur les

bassins et les tonneaux d'arrosage peuvent suffire pour détruire à la fois toute une multitude de
cousins. »

— L'œuf est-il bien longtemps à éclore, mon
père ? dit Émile. Et cette larve dont tu viens de
nous parler, combien vit-elle de temps, avant de
devenir nymphe ?

— Un peu de patience, mon fils, répondit
M. de Baledent ; l'auteur du précédent récit va
nous l'apprendre également. « L'œuf, dit-il, pendant la saison chaude, éclôt après deux ou trois
jours, au bout desquels, après avoir subi quatre
mues en rapport avec son accroissement succes-
sif, elle se métamorphose en nymphe. La
nymphe du cousin, comme la chrysalide du papillon, est une forme transitoire sous laquelle
l'insecte, par l'effet d'une élaboration interne et
sans prendre de nourriture, échange ses organes
d'animal aquatique contre d'autres organes ap-
propriés à sa vie aérienne de mouche. Aux dépens des matériaux préparés par la nature dans
ce corps si petit, vont se former, pendant le court
intervalle de dix jours, des ailes, des jambes ar-
ticulées, des yeux à réseau, une trompe, et une
foule d'autres organes d'une délicatesse inima-
ginable. Tout cela n'existe pas encore au début
de la vie de nymphe, mais est, comme dans un
moule, tracé et mesuré d'avance par l'infinie sagesse de l'auteur de toutes choses. Essayez de
disséquer sous le microscope la nymphe nouvelle-

ment transformée ; ses tissus, ses organes sont demi-fluides et presque sans structure distincte, de même que le germe dans l'œuf ; mais à mesure qu'on se rapproche du terme de cette période, les organes se forment plus nettement à l'intérieur, jusqu'à ce qu'enfin, l'instant de la dernière métamorphose étant arrivé, le cousin sorte parfait de cette enveloppe, qu'il abandonne comme un vêtement hors de service. Toutefois, à l'extérieur même de cette peau de nymphe, on distingue déjà, comme une ébauche grossière, l'emplacement des yeux, des ailes, des antennes, de la trompe et des pieds : ce sont autant de parties en relief indiquant les amas de substance vivante qui vont se modeler intérieurement. La forme générale de la nymphe a été comparée à celle que les peintres donnaient autrefois aux dauphins fantastiques ; c'est en quelque sorte un cousin emmaillotté comme une momie et jouissant seulement de la faculté de redresser brusquement son abdomen, que, dans l'état de repos, la nymphe tient replié sur la poitrine.

« Ce que cette nymphe offre de plus remarquable peut-être, c'est le changement subi chez elle par le mode de respiration de la larve, en attendant que, devenue insecte aérien, elle respire comme toutes les mouches, à l'aide de stigmates, ouvertures placées sur les deux côtés de chaque segment. La larve respirait par un tuyau terminal ; la nymphe respire par deux tuyaux

implantés sur son thorax, comme deux oreillettes
ou deux cornets qui viennent naturellement abou-
tir à la surface de l'eau, quand la nymphe, en
raison de sa légèreté spécifique, s'y trouve élevée.
Là, sans autre besoin que ceux du renouvellement de l'air et du repos, elle reste jusqu'à ce
qu'effrayée elle fuie et redescende, en redressant
brusquement et à plusieurs reprises son abdomen
replié. Une double lamelle à l'extrémité de l'abdomen en augmente encore la surface, quand il
doit agir comme une rame pour frapper l'eau
avec force. Lorsqu'enfin l'heure de la dernière
métamorphose est arrivée, la nymphe, en aspirant une plus grande quantité d'air, se gonfle et
devient encore plus légère, de telle sorte que son
dos dépasse un peu la surface de l'eau ; c'est
assez pour que sa peau se dessèche en cet endroit,
et pour que, continuant à se gonfler, elle arrive
enfin à se rompre.

« Le moucheron, averti par un admirable instinct a su deviner que le matin est l'instant le
plus convenable pour son changement de formes
et d'habitudes. En effet, les rayons du soleil, assez chauds déjà pour lui donner la vigueur dont
il a besoin, ne le sont pas encore assez pour
dessécher ses membres si frêles et ses ailes
mille fois plus délicates que la corolle d'une
fleur. Le temps presse ; il le sent bien, et il va
se hâter de traverser cette crise qu'une circonstance imprévue rendrait si promptement fu-

neste. Il s'agite donc pour élargir la déchirure
de son enveloppe. Bientôt il peut sortir de son
thorax d'abord, ensuite sa tête avec ses antennes
et sa trompe. Puis, continuant à s'agiter, il tire
peu à peu la partie postérieure de son corps, le
long de laquelle sont allongés les pieds et les
ailes, qui se développent et se redressent en
même temps. Cependant l'enveloppe, devenue
plus légère, et remplie d'air, flotte à la surface
de l'eau comme une petite nacelle, dont l'insecte,
dressé perpendiculairement, représente comme
le mât. C'est alors que le moindre souffle suffirait
pour le faire chavirer et pour causer sa perte ;
car une fois en contact avec l'eau, ses ailes et
ses pieds, qui jusqu'alors étaient trop mous pour
l'aider à sortir de son enveloppe, ne pourraient
désormais acquérir la consistance nécessaire
pour servir au vol et à la marche. Mais si le cousin aux membres si délicats peut conserver pendant une minute, si longue pour lui, sa position
de mât sur la nacelle formée par sa vieille enveloppe, ses organes se consolident ; il étend ses
jambes, il les pose sur l'eau, qui lui offre un
point d'appui suffisant ; il achève de se dégager
de son enveloppe, et bientôt ses ailes dépliées et
séchées lui permettent de prendre son vol.
Quant à cette faculté qu'a le cousin d'appuyer
ses pieds à la surface de l'eau sans enfoncer, elle
lui est commune avec beaucoup d'autres insectes, tels que les hydromètres et les gerris,

marchant ou courant sur les eaux. C'est un fait
qui s'explique aisément par une petite expérience
de physique : une aiguille à coudre parfaitement propre et couchée sur l'eau ne manquerait
pas de s'y enfoncer ; mais si cette aiguille, pas-
sée entre les doigts, s'est revêtue d'un léger enduit gras qui ne permet pas à l'eau de la mouil-
ler, elle reste entourée d'une mince couche d'air
et flotte à la surface, comme si réellement elle
était plus légère que l'eau. Eh bien? les pieds
si minces du cousin ont, comme cette aiguille,
un enduit ou une légère viscosité qui maintient
autour d'eux une couche d'air et les empêche
d'enfoncer.

« Arrivé à l'état parfait, le cousin est connu
de tout le monde ; cependant on confond souvent
sous le même nom et dans la même réprobation
d'autres moucherons fort innocents, tels que les
tipules, les chironomes, etc., qui n'ont de commun avec lui que la forme générale du corps.
A part ses transformations, différentes de celles
de tous les autres insectes à deux ailes, il se
distingue très-nettement par sa trompe, par ses
antennes et par ses ailes, qui, chez lui seul
parmi les diptères, sont munies, sur les nervures,
de petites écailles comparables à celles des ailes
de papillon. Les antennes, formées de quatorze
articles, diffèrent singulièrement suivant le sexe :
celles de la femelle sont simplement velues, avec
deux soies raides assez longues de chaque côté,

à la base de chaque article ; celles du mâle, au contraire, dans les deux premiers tiers de leur longueur, sont garnies de houppes soyeuses très-longues qui les font paraître comme des panaches ; le dernier tiers de ces antennes, après une interruption, porte aussi des poils assez longs. Cette distinction est assez importante ; car les femelles seules nous font sentir leur piqûre ; les mâles sont inoffensifs. Outre leurs antennes plumeuses, ils ont de chaque côté de leur trompe un palpe velu, terminé aussi par un petit plumet qui s'écarte en divergeant, de manière à représenter avec les antennes un élégant bouquet de plumes. Enfin, nous devons signaler aussi un autre signe distinctif : les mâles seuls ont l'abdomen terminé par deux crochets recourbés, et la femelle a seulement deux petites palettes. Ce ne sont pas les antennes ni les palpes plumeux du cousin mâle qui l'empêchent de sucer le sang ; il n'a pas besoin d'une nourriture aussi substantielle. La femelle aurait été gênée par de tels ornements et n'eût pu pomper le sang nécessaire au développement de ses œufs. La trompe de la femelle est simplement accompagnée de deux palpes filiformes, un peu velus à l'extrémité, et qui lui servent d'abri. Cette trompe d'ailleurs se compose d'une gaîne membraneuse, flexible, fendue longitudinalement en dessus jusqu'auprès de l'extrémité, et contenant quatre stylets brunâtres qui représentent les mandibules et les mâchoires des autres insectes. Ce sont ces quatre stylets, formant par leur réunion un petit canal extrêmement fin, qui pénètrent seuls dans la blessure faite par le cousin femelle ; et en même temps la gaîne, qui représente la lèvre inférieure des autres insectes, se replie en formant un angle vers le milieu de sa longueur en dessous, tandis que les palpes restent dirigés en avant. »

Une chose digne de toute notre attention, mes enfants, ajouta M. de Raledent, c'est l'industrie employée par le cousin pour faire flotter ses œufs à la surface des eaux. « Au moment de la ponte (il pond de suite deux à trois cents œufs), il se pose au bord du bassin, très-près de l'eau ou sur un brin d'herbe flottant, de manière que l'extrémité de son corps effleure presque la surface. Alors ses deux jambes postérieures, étant croisées en arrière, reçoivent et maintiennent dans une situation perpendiculaire sur l'eau le premier œuf qui vient d'être pondu ; un second œuf, arrivant presque aussitôt, est agglutiné à côté du premier par l'enduit naturel dont il est revêtu, et maintenu également dans une situation perpendiculaire entre les pattes ; un troisième œuf, un quatrième, sont de même agglutinés à côté des précédents, et, dans l'espace de deux minutes, il s'en groupe déjà plus de trente, toujours maintenus par les pattes ; or, comme tous ont leur goulot et leur partie la plus large tournés en bas au contact de l'eau, il s'ensuit que la

réunion des extrémités, plus étroites à la partie
supérieure de cette agrégation, doit former une
surface concave. Lors donc qu'au bout de huit à
dix minutes la ponte est terminée, la réunion de
tous ces œufs forme une petite coquille noirâtre
susceptible de flotter sur l'eau comme une nacelle ; c'est seulement à cet instant que le cousin
cesse de la maintenir avec ses pieds et l'abandonne. Ainsi ont eu lieu, dans un intervalle de
trente à trente-cinq jours, toutes les phases de la
vie du cousin. Cinq ou six générations ont pu se
succéder dans le cours de la belle saison, avant
que le froid ait mis un terme à leur multiplication. Si l'on considère que chaque ponte produit
au moins cent femelles, on est conduit à reconnaître qu'il suffirait qu'une seule femelle engour-
die par le froid eût survécu à l'hiver, pour que,
dans un seul canton, il eût pu en naître successivement plus de vingt milliards. Heureusement,
chaque année, les hirondelles et les autres oiseaux insectivores en viennent faire une immense
consommation, pendant que, dans les eaux, des
milliers d'autres ennemis détruisent leurs larves
et leurs nymphes. »

Avant de nous séparer, ajouta M. de Baledent,
je vous dirai, mes chers enfants, qu'il existe en
Chine, aux Indes Orientales, à la Côte d'Or et dans
l'Amérique méridionale un insecte très-voisin du
cousin et que l'on connaît sous le nom de mous-
tique, mousquite ou mosquille. Véritable fléau

de ces contrées, on les trouve par nuées dans les Antilles, principalement pendant les nuits, au bord des bois, dans les lieux marécageux et le long de la mer.

Ces animaux, d'une petitesse extrême, causent des piqûres suivies d'une enflure très-douloureuse et laissent une marque purpurine sur la peau. Ainsi que je vous l'ai dit, lorsque je vous entretenais du cousin, l'alcali volatil est le meilleur remède contre ces blessures.

Dans les Indes, les gens riches ont, tout le jour, à côté d'eux un nègre porteur d'un grand éventail, et la nuit, ils se servent de mosquilliers ou moustiquaires, véritables pavillons de gaze ou de mousseline très-claire dont ils entourent leur lit.

IX

Des Hannetons.

Le soir d'une belle journée, alors que le soleil parait la terre de ses derniers rayons, M. de Baledent était à sa fenêtre avec ses deux enfants, cherchant ce dont il allait les entretenir, lorsqu'un bourdonnement se fit entendre.

— C'est un hanneton, s'écria Marguerite; éloignons-nous un peu, pour ne pas l'effrayer et voir laquelle des plantes de notre balcon il va choisir.

— Comment ! reprit Émile, tu ne sais pas que les hannetons se trouvent toujours sur les lilas ?

Et au même moment l'animal vint se poser sur une des feuilles d'un magnifique lilas blanc qu'affectionnait beaucoup la jeune Marguerite.

— Voilà, mes enfants, ajouta M. de Baledent, tout un sujet d'instruction pour vous. Laissez-moi, je vous prie, vous entretenir ce soir du hanneton ; et certainement vous serez à même, dans la suite, de rendre d'énormes services aux agriculteurs que vous pourrez rencontrer, et qui ignorent, pour la plupart, les moyens de se débarrasser de ce fléau.

Les insectes, traités parfois avec tant de dédain par les hommes qui ignorent leur redoutable action sur l'économie de la nature, les insectes, malgré leur exiguité, n'en doivent pas moins être regardés comme un des plus grands fléaux de notre agriculture et comme un de ceux contre lesquels le génie de l'homme est le plus souvent impuissant. En effet, n'apprend-on pas avec étonnement que l'on peut évaluer à plusieurs centaines de millions les pertes que ces frêles animaux occasionnent annuellement au sein de nos campagnes ou parmi les produits de celles-ci ?

Afin de vous donner, mes chers enfants, une idée des désastres qu'ils causent à l'agriculture, sachez qu'un savant entomologiste, M. Guérin-Méneville, a calculé récemment que les insectes prélèvent chaque année, pour leur nourriture, le dixième, le cinquième et même parfois le quart des récoltes. Or, comme le produit des céréales est de 2 milliards 55 millions, pour celles-ci seulement, leurs dommages s'élèveraient donc de 200 à 500 millions par année.

L'effrayante facilité avec laquelle les insectes pullulent et la quantité d'aliments qu'ils englou- tissent, malgré leur petitesse, viennent constater la malheureuse exactitude de ces chiffres.

L'histoire elle-même nous apprend que certains États ont été obligés d'employer toutes leurs forces et mêmes leurs armées, pour disputer le sol à d'innombrables légions d'insectes.

Le hanneton, dont l'histoire va nous occuper, a de tout temps été regardé comme un des plus redoutables fléaux de notre agriculture ; et tous les hommes qui ont écrit sur celle-ci sont d'ac- cord à cet effet, et le représentent comme un des plus voraces déprédateurs de nos forêts, de nos champs et de nos jardins.

M. Ratzeburg, dans son ouvrage sur les enne- mis de l'industrie forestière, ne craint point de dire que « c'est le plus terrible destructeur de nos cultures. »

En effet, dans toute l'Europe tempérée, en France, en Allemagne et en Angleterre, à certaines époques, ce coléoptère se multiplie d'une manière extraordinaire et produit d'incalculables dégâts. On voit souvent des jardins de maraîchers et des champs de blé, de luzerne ou d'avoine, être entièrement dévastés par la dent du *man*. Quand celui-ci a acquis tout son développement, il ne se contente plus de végétaux herbacés ; il attaque les racines des arbres, et l'on voit alors les jeunes pousses de ceux-ci pendre desséchées, et bientôt le sujet périr.

A lui seul, le man ravage parfois de vastes plantations de pins, de chênes et d'autres arbres de nos forêts. M. Ratzeburg rapporte même que, dans la plaine de Kolbitzer, plus de mille arpents de pins de six à sept ans furent totalement détruits par les mans. Il n'est pas rare de voir les hannetons dévorer totalement le feuillage des forêts d'une vaste étendue. Un des savants les plus distingués de l'époque se promenait un jour dans une des forêts de la Seine-Inférieure, et dans un trajet de deux lieues il vit tous les arbres absolument dépouillés de leur verdure ; il ne leur restait pas une feuille. « Et au milieu de l'été, dit-il, nous eussions pu nous croire au sein de l'hiver, si le soleil ardent, en traversant les branches dénudées, ne nous eût brûlés de ses rayons. »

« On doit cependant avouer, dit encore ce savant, que les ravages de ces animaux ont un résultat beaucoup moins funeste que leurs dévastations ne sembleraient le présager. Les forestiers, qui craignent tant le man, se plaignent à peine des dégâts du coléoptère, à l'état parfait. » Cependant l'étude de la physiologie végétale nous révèle que ce dernier, en privant les arbres de leurs parties vertes, produit quelques perturbations dans le développement du système solide de ceux-ci. L'enlèvement des feuilles, en para-

lysant la respiration et la transpiration des
plantes, entrave manifestement l'ascension de la
séve et s'oppose à la formation des zones li-
gneuses et corticales : phénomènes qui ont pour
résultat de rendre les forêts moins vigoureuses,
et par conséquent moins productives. Les hannetons ne font pas de moindres dégâts dans l'horti-
culture. M. Vibert rapporte qu'en moyenne on
en pouvait compter vingt-cinq mille par arpent
dans ses plantations de rosiers ; et que dans
celles-ci, des arpents entiers ont été dévastés
dans une proportion si forte, que, sur quelques
points, il ne survivait guère qu'un rosier sur cinq
cents.

Il ne faut pas croire, mes enfants, que tout ce
que je viens de dire soit exagéré. Le docteur
Franklin rapporte également qu'en 1688, les
hannetons parurent par milliers sur les haies et
sur les arbres de la côte sud-ouest du comté de
Galway. « Ils se formaient en grappes, dit-il, sus-
pendus qu'ils étaient au dos les uns des autres,
à la manière des abeilles. Durant le jour, ils res-
taient ainsi dans un état d'immobilité ; mais, vers
le coucher du soleil, toute la masse se mettait en
mouvement. Le bruit de leurs ailes résonnait
alors comme un bruit de tambour dans l'éloigne-
ment. Leur armée était si innombrable, qu'ils
obscurcissaient l'air sur une distance de trois à
quatre milles carrés. Les personnes qui voya-
geaient sur les routes, ou qui étaient dispersées

dans les champs, avaient de la peine à retrouver
leur chemin, tant leur visage était incessamment
battu par ces insectes, comme une grêle vivante.
En très-peu de temps, les feuilles de tous les
arbres, à plusieurs milles à la ronde, furent
détruites, laissant ainsi le paysage, quoique ce
fût au milieu de l'été, aussi nu et aussi désolé
qu'il eût pu l'être au milieu de l'hiver. Le bruit
que faisaient ces essaims, en saisissant et en dé-
vorant les feuilles, était si éclatant, qu'on l'a
comparé au bruit que fait à distance le sciage
d'une grosse pièce de bois. Les porcs et les oiseaux
de basse-cour détruisirent, Dieu merci, un grand
nombre de ces envahisseurs. Les cochons et les
poules montaient la garde sous les arbres où pen-
daient les grappes de hannetons et les dévoraient
par essaims, au point de s'engraisser merveilleusement. Les Irlandais eux-mêmes, quand ces
insectes eurent détruit tout le produit de leurs
terres, adoptèrent une méthode pour cuire les
hannetons et les mangèrent. Vers la fin de l'été,
ces destructeurs ailés disparurent si soudainement
qu'on n'en vit plus un seul. »

— Comment ! père, interrompit Marguerite,
oser manger des hannetons ? Il faut, pour cela,
que les habitants de l'Irlande soient bien peu
civilisés ?

— Ce serait, au contraire, mes enfants, rendre
un très-grand service au paysan, répondit M. de
Baledent, que de l'éclairer sur la distinction à

faire entre les insectes utiles et les insectes nuisibles à l'agriculture, entre ceux de ces animaux
qui peuvent être utilisés comme comestibles et
ceux dont l'ingestion peut déterminer de graves
accidents. Je vais vous raconter ce que disait, un
jour, sur ce sujet, un éminent naturaliste :

« Un regrettable préjugé, un raffinement ridi-
cule, a éloigné notre Occident d'une source
d'alimentation des plus riches et des plus exquises.
Quel droit les mangeurs de gibier faisandé, d'oiseaux non vidés, quel droit encore les mangeurs
d'huîtres, de ce mollusque glaireux, auraient-ils
de repousser l'alimentation de l'insecte ?

« La Bourgogne a le bon sens de profiter, sans
vain dégoût, du mollusque excellent dont les
vignes sont peuplées, je veux dire du limaçon,
qu'elle accommode au beurre et aux fines herbes,
mets aussi sain pour la poitrine qu'il est agréable
à la bouche et profitable à l'estomac.

« Un savant célèbre, Lalande, osa faire un pas
de plus, et passer à la chenille, s'élevant d'un
degré encore au-dessus du préjugé. Nous lui
devons de savoir que la chenille a le goût
d'amande, et l'araignée celui de noisette. Il s'ha-
bitua à celle-ci, qu'il trouvait plus délicate.

« Plusieurs insectes sont tellement savoureux
et substantiels, qu'entre tous les aliments ils
avaient été choisis par les dames, comme renouvellement de vie, de beauté, de jeunesse. Les
Romaines de l'empire vieilli reprenaient les formes

amples des Cornélia de la république par l'usage
du cossus. Les sultanes de l'Orient se font apporter des blaps et se nourrissent de ce succulent
insecte.

« Au Brésil, la portugaise tire des malalis du
bambou, quand l'arbre est en fleur, un beurre
frais pour les aliments, et mange en bonbons les
fourmis, au moment où l'aile les soulève dans
les airs.

« Mais généralement l'insecte, a part sa va-
leur réelle, a été recherché des peuples dont il
détruisait la culture. Il leur ôtait les aliments, ils
l'ont pris pour aliment. La terrible sauterelle,
dont la multiplication a mis tant de fois l'Orient
en péril, a d'autant plus été poursuivie, dévorée
par l'Orient. On dit que le calife Omar, à sa table
de famille, vit tomber une sauterelle et lut sur
son aile : « Nous pondons quatre-vingt-dix-neuf
« œufs ; et si nous en pondions cent, nous dé-
« vasterions le monde. »

« Heureusement, la sauterelle est la manne
de l'Asie. Qui ne sait que les prophètes, dans les
grottes du Carmel, ne vivaient pas d'autre chose ?
Les prophètes de l'islamisme suivaient le même
régime. On disait un jour à Omar : « Que pensez-
« vous des sauterelles ? — Que j'en voudrais un
« panier plein. » Un jour, elles lui manquèrent.
A grand'peine un serviteur lui en trouva une, et,
reconnaissant, charmé, il s'écria : « Dieu est
« grand ! »

« Aujourd'hui encore, on vend des sauterelles dans tout l'Orient, et on les mange au café comme dessert et friandise. On en charge les vaisseaux ; on en trafique à pleins tonneaux.

« Nous avons ici des insectes bien autrement substantiels et plus riches d'alimentation. Qui nous arrête ? Et quels scrupules avons-nous de prendre contre eux de si utiles représailles ? » Et en proférant ces paroles, ajouta en terminant M. de Baledent, le professeur avala plusieurs insectes qu'il avait sur sa table, en disant : « Ils nous « ont mangés.... Mangeons-les ! » Puisse son exemple ne pas rester sans fruit !

Soyez bien persuadés, mes chers enfants, que l'on ne parviendra à combattre avec succès les insectes nuisibles que lorsque l'on connaîtra parfaitement les moindres détails de leurs mœurs. C'est en s'initiant à celles du charançon, frêle coléoptère qui, à lui seul, fait annuellement pour plus de 100 millions de dégâts parmi les greniers de l'Europe, qu'on est parvenu à le braver. Il faudrait donc commencer par étudier le sujet. Et une fois ce travail accompli, c'est alors que la science nous donnera les moyens d'attaquer nos ennemis, et de leur faire une guerre efficace et décisive. Elle nous enseignera aussi à protéger nos auxiliaires ; car l'homme inconsidéré travaille trop souvent à limiter le nombre de ceux-ci et à anéantir leur utile et incessant concours. L'arme du chasseur se tourne fréquemment contre l'agriculture, en détruisant une foule d'animaux insectivores, dont il faudrait bien plutôt s'efforcer de multiplier les familles dans nos forêts et dans no bocages.

— C'est toujours ce que je me dis, interrompit Marguerite, quand, chaque année, je vois le chasseur rentrer joyeux au logis, après avoir ravi l'existence à quelque pauvre animal que le bon Dieu avait peut-être créé dans le but de lui être utile.

— Tu as raison, ma fille, reprit M. de Baledent. Il est plus d'un oiseau, par exemple, que dans notre ignorance, nous tuons impitoyablement, et sans lequel pourtant nous serions envahis par de redoutables ennemis. Malheur aux contrées habitées, si le travail incessant de cette grande armée réparatrice s'interrompait un seul instant !

Mais revenons à notre hanneton. On en compte plusieurs variétés : le hanneton foulon, plus grand que le hanneton vulgaire, dans la France méridionale ; le hanneton ruricole, à corps noir, qu'on rencontre dans les luzernes au mois de mai ; le hanneton horticole, très-petit et d'un vert métallique assez commun dans les jardins ; le hanneton cotonneux, dont le dessous du corps est très-velu ; le petit hanneton solsticial d'été ; le hanneton estival, de couleur plus pâle que le précédent ; le hanneton de la vigne, vert en dessus, cuivreux en dessous, qui ronge les feuilles de vigne.

Les larves des hannetons ont six pattes et une

tête écailleuse, munie d'une espèce de tenaille dentelée. Elles proviennent, comme le dit Buffon, d'œufs oblongs, d'un jaune clair, déposés par la femelle dans la terre qu'elle creuse avec la pointe de sa queue. Elles passent deux, trois ou quatre ans, à l'état de vers et atteignent au moins un pouce et demi de longueur. Elles mangent le gazon et les racines de toutes les plantes, dévastent les potagers entiers et les prairies les mieux couvertes. Les jardiniers les nomment *vers blancs*.

Ces vers sortent rarement de terre. Ils changent de peau à mesure qu'ils prennent de l'accroissement. Dans l'hiver ils s'enfoncent à une assez grande profondeur, pour ne pas craindre les gelées.

— Mais, père, reprit Émile, combien de temps restent-ils dans cet état ?

— Ce n'est guère, continua M. de Baledent, que sur la fin de la quatrième année, au mois de mai, que la métamorphose de la larve en hanneton arrive. Dans l'automne, la larve s'enfonce en terre, s'y pratique une cavité commode et prend la forme d'une nymphe, dans laquelle on aperçoit distinctement, au mois de février, un hanneton d'un blanc jaunâtre, qui est complétement formé au bout de dix à douze jours. Il reste encore trois mois en terre en cet état de hanneton formé.

Après avoir dévasté les forêts, les hannetons disparaissent. Les femelles, après la ponte, sortent de terre, vivent encore quelque temps et meurent.

— Père, reprit Marguerite, d'où vient l'expression: *Étourdi comme un hanneton*.

— De ce que, répondit en terminant M. de Baledent, lorsque, le soir, ces animaux, réunis en troupes, déploient et allongent les houppes de leurs antennes; et tournent autour des haies en bourdonnant, ils se choquent contre tout ce qu'ils rencontrent.

X.

De la Fourmi.

— Je vais aujourd'hui, mes enfants, vous entretenir d'un nouvel insecte fort curieux. Je veux parler de la fourmi.

— Oui, reprit Marguerite, son histoire doit être fort curieuse. Elle fait, je crois, des provisions l'été pour l'hiver?

— Erreur, mon enfant. Les anciens naturalistes parlent bien, il est vrai, de la prévoyance de la fourmi ; mais un observateur attentif, Gould, acquit la certitude qu'aucune espèce de fourmi ne mange ni grain ni quoi que ce soit, durant la saison froide.

— Avons-nous, demanda Émile, beaucoup d'espèces de fourmis en France ?

— Deux principales: la petite espèce de fourmi rouge que nous voyons dans nos jardins, et la grosse fourmi des bois.

— Toutes celles d'une même fourmilière se ressemblent-elles ?

— Une fourmilière, mon enfant, se compose de mâles, de femelles et d'ouvrières sans sexe. Les fourmis mâles sont reconnaissables par leur petitesse et la grosseur de leurs yeux. Les femelles sont très-grandes, très-grosses, ailées, ainsi que les mâles; elles ont un aiguillon à l'anus. Les ouvrières ont également un aiguillon; mais elles sont dépourvues d'ailes. Toutefois, on ne rencontre ordinairement dans les fourmilières que les ouvrières et les femelles. Ces dernières s'y rendent pour déposer leurs œufs. Les mâles volent aux environs, mais ils s'approchent peu de l'habitation générale.

— Ce qui me semble bien étonnant, dit Marguerite, c'est que tous ces petits animaux peuvent, sans communiquer entre eux, exécuter des travaux d'ensemble, comme des fourmilières.

— N'en crois rien, chère enfant ; car, sans autre secours que leurs antennes, dont elle se servent presque constamment, elles trouvent moyen de se communiquer leurs idées, toutes relatives à la conservation et à la prospérité de

6.

la colonie. Écoutez donc ce que nous raconte là-dessus Hubert, l'infatigable observateur des fourmis: « Nous les avons vues faire un usage fréquent de leurs antennes sur le champ de bataille, pour jeter l'alarme parmi leurs compagnes, et pour se distinguer de leurs ennemis ; au sein de la fourmilière, pour s'avertir de la présence du soleil, si favorable au développement des larves; dans leurs courses et leurs émigrations, pour s'indiquer mutuellement la route; dans le recrutement, pour décider le départ. »

— Comment! dit Marguerite, elles se font donc la guerre comme les hommes ?

— La fourmi sanguine, ma fille, fait la chasse aux fourmis cendrées, plus petite qu'elle. Je vais te raconter ce qu'Hubert rapporte de la prise d'une fourmilière de fourmis cendrées, par des fourmis sanguines. « Le 15 juillet au matin la fourmilière sanguine envoie en avant une poignée de ses guerriers. Cette petite troupe marche à la hâte jusqu'à l'entrée du nid des fourmis cendrées..... Elle se disperse autour du nid. Les habitants aperçoivent ces étrangères, sortent en foule pour les attaquer et en emmènent plusieurs en captivité; mais les sanguines ne s'avancent plus, elles paraissent attendre du secours. De moment en moment je vois arriver de petites bandes de ces insectes qui partent de la fourmilière sanguine et viennent renforcer la première brigade. Elles s'avancent alors un peu davantage et semblent

risquer plus volontiers d'en venir aux prises;
mais plus elles approchent des assiégées, plus
elles paraissent empressées d'envoyer à leur nid
des espèces de courriers.

Ces fourmis arrivent en hâte, jettent l'alarme
dans la fourmilière, et aussitôt un nouvel essaim
part et marche à l'ennemi. Les sanguines ne se
pressent point encore de chercher le combat;
elles n'alarment les noires cendrées que par
leur seule présence. Celles-ci occupent un espace
de deux pieds carrés au-devant de leur fourmilière; la plusgrande partie de la nation est sortie
pour attendre l'ennemi. Tout autour du camp, on
commence à voir de fréquentes escarmouches,
et ce sont toujours les assiégées qui attaquent les
assiégeantes. Le nombre des noires cendrées,
assez considérable, annonce une vigoureuse résistance ; mais elles se défient de leurs forces et
songent d'avance au salut des petits qui leur sont
confiés, et nous montrent en cela un des plus sin-
guliers traits de prudence dont l'histoire des
insectes nous fournisse l'exemple. Longtemps
avant que le succès puisse être douteux, elles ap-
portent leurs nymphes au dehors de leurs souterrains, et les amoncèlent à l'entrée du nid, du
côté opposé à celui d'où viennent les fourmis
sanguines, afin de pouvoir les emporter plus aisément, si le *sort des armes* leur est contraire.
Leurs jeunes femelles prennent la fuite du même
côté. Le danger approche ; les sanguines, se trou-

vant en force, se jettent au milieu des noires cendrées, les attaquent sur tous les points et parviennent jusque sur le dôme de leur cité. Les noires cendrées, après une vive résistance, renoncent à se défendre, s'emparent des nymphes qu'elles avaient rassemblées hors de la fourmilière et les emportent au loin. Les sanguines les poursuivent et cherchent à leur ravir leur trésor. Toutes les noires cendrées sont en fuite; cependant on en voit quelques-unes se jeter avec un véritable dévouement au milieu des ennemis et pénétrer dans les souterrains, d'où elles enlèvent encore quelques larves pour les soustraire au pillage. Les fourmis sanguines pénètrent dans l'intérieur, s'emparent de toutes les avenues et paraissent s'établir dans ce nid dévasté. De petites troupes arrivent alors de la fourmilière sanguine, et l'on commence à enlever ce qui reste de larves et de nymphes. »

— Pour en faire leur nourriture probablement, n'est-ce pas père ? demanda Marguerite.

— Précisément. « Il s'établit une chaîne continue d'une demeure à l'autre, et la journée se passe de cette manière. La nuit arrive avant qu'on ait transporté tout le butin; un bon nombre de sanguines restent dans la cité prise d'assaut, et le lendemain à l'aube du jour, elles recommencent à transférer leur proie. Quand elles ont enlevé toutes les nymphes, elles se portent les unes les autres dans leur fourmilière, jusqu'à ce qu'il n'en reste plus qu'un petit nombre. »

— Les plus fatiguées se font porter par les autres ? ajouta Émile.

— C'est supposable, dit M. de Baledent. « Mais quelques couples vont en sens contraire; leur nombre augmente ; une nouvelle résolution a sans doute été prise par ces insectes vraiment belliqueux; un recrutement nombreux s'établit sur la fourmilière sanguine en faveur de la ville pillée, et celle-ci devient la cité sanguine. Tout y est transporté avec promptitude , larves, nymphes, mâles, femelles, auxiliaires et ama-zones; tout ce que renfermait la fourmilière san-guine est déposé dans l'habitation conquise, et les fourmis sanguines renoncent pour jamais à leur ancienne patrie. Elles s'établissent au lieu et place des noires cendrées, et, de là, entrepren-nent de nouvelles invasions. » Vous voyez donc, mes enfants, que les fourmis sont loin d'être inoffensives pour une multitude d'insectes comme elles le sont pour nous, dans nos contrées du moins.

— Elles sont donc redoutables dans quelques pays? dit Émile.

— Sous les zones tropicales, elles sont reines et tyrans de tous les autres êtres, répondit M. de Baledent. Laissez-moi vous lire, mes enfants, ce qu'en rapportait dernièrement un des historiens de ces animaux.

« Toute chose qui gît à terre, sous les zones tropicales, est à l'instant dévorée par elles. Lund dit qu'il eut à peine le temps de ramasser un oiseau qu'il venait de voir tomber. Les fourmis y étaient déjà et s'en emparaient. La police de salubrité est faite par elles avec une énergique, une implacable exactitude. Ces grosses fourmis du Midi, bien plus âpres que les nôtres, se sentant dames et maîtresses, craintes de tous, ne craignant personne, vont devant elles imperturbablement, sans se détourner pour aucun obstacle. Qu'une maison soit sur leur passage, elles entrent; et tout ce qui est vivant, même les énormes, venimeuses et redoutables araignées, même de petits mammifères, tout est dévoré. Les hommes leur quittent la place. Mais si l'on ne peut pas quitter, l'invasion est fort à craindre. Une fois, à la Barbade, on en vit une longue colonne défiler pendant plusieurs jours dans un nombre épouvantable. Toute la terre en était noire, et le torrent se dirigeait précisément du côté des habitations. On les écrasait par centaines sans qu'elles y fissent attention; on en détruisit des milliers, et elles avançaient toûjours. Nul mur, nul fossé n'eût servi; l'eau même n'eût pu les arrêter: on sait qu'elles font des ponts vivants, en s'accrochant les unes aux autres comme en grappes ou en guirlandes. Heureusement, on imagina de semer d'avance sur le sol de petits volcans, de petits amas de poudre qui, de distance en distance, sautaient sous elles, emportaient des files et dispersaient les autres, les couvrant de feu, de fumée, les aveuglant de poussière. Cela réussit. Du moins elles se détournèrent un peu et passèrent d'un autre coté. »

Les fourmis sont donc des insectes nuisibles et parfois dangereux, qu'il faut détruire ? reprit Marguerite.

— Non, mon enfant; car si, dans certain pays, elles détruisent parfois les cultures elles font d'un autre côté une guerre acharnée aux ennemis de l'homme ; si bien que sans elles il ne pourrait habiter certaines localités... Nul agent plus énergique d'épuration, d'expurgation.

— Certaines fourmis se forment sous terre des édifices curieux, des structures intéressantes, n'est-ce pas, mon père? dit Émile.

— En effet, et on les nomme *maçonnes en terre*; car elles fouillent dans le sol, et au moyen d'argile, de limon ou de sable, elles se construisent des palais somptueux avec des labyrinthes, voûtes et galeries. « Le 3 mars, dit M. Knapp, un ouvrier, qui était employé à couper les petites éminences de terres que construisent les fourmis, mit à nu une multitude de ces insectes qui étaient alors dans leurs quartiers d'hiver. Elles étaient rassemblées en grand nombre dans de petites cellules et dans des compartiments qui communiquaient les uns aux autres par d'étroits passages. Dans plusieurs de ces cellules, les fourmis avaient déposé leur larves, qu'elles entouraient de leurs soins, mais sans les couver. Étant troublées par la rude manière avec laquelle nous avions enlevé le couvercle et le monticule qui protégeaient leurs constructions souterraines, elles enlevèrent leurs larves et les dérobèrent à notre vue, pour les transporter dans des appartements plus cachés. Ces larves étaient trèspetites. » Mais il ne faudrait pas croire, mes enfants, que les nids de fourmis sont tous comme les nôtres, de minimes dimensions; il en est dans l'Amérique de trois à six pieds de hauteur.

— Cependant, père, reprit Marguerite, il me semble, qu'il doit être bien difficile de voir les fourmis construire leurs édifices?

— Non, mon enfant, depuis que les naturalistes étudient les opérations de ces animaux à travers des maisons de verre artificielles ou formicaires. Mais il suffit ordinairement de creuser avec soin dans les fourmilières. On remarque alors deux étages, composés de grandes chambres, d'une forme ovale irrégulière, et communiquant les unes avec les autres par des galeries voutées dont les parois sont aussi polies, aussi lisses que si la truelle avait servi à leur construction.

— Pourquoi donc ces édifices, reprit Émile, si ce n'est pour se faire des magasins, des greniers?

— Elles s'en font des abris, des citadelles,

des chauffoirs pendant la saison froide, des chambres où elles pondent leurs œufs et élèvent leurs petits.

— Père, interrompit Marguerite, tu ne nous parle pas de la grosse fourmi des bois, que tu nous a pourtant citée au début de cet entretien.

— Non moins ingénieuse que la précédente, la fourmi des bois bâtit des constructions très-élevées. L'extérieur est fait de tiges d'herbes sèches et de petites branches ; l'intérieur, véritable chef-d'œuvre d'architecture, renferme des salles, des galeries, des appartements souterrains. Le soir, d'après les observations d'Hubert, elles rétrécissent leurs galeries, en bouchent l'entrée, et, à l'abri des atteintes de leurs ennemis, elles se retirent dans leurs palais. Toutefois, pour plus de sûreté, une ou deux fourmis restent dehors, cachées derrière les portes pour monter la garde. Le lendemain matin, elles s'occupent de dégager leurs avenues, pour recommencer à la fin du jour le travail de la veille.

— Mais avec quoi font-elles tout cela ? demanda Marguerite.

— Leurs seuls outils, mon enfant, sont leurs mandibules ; et pourtant elles exécutent des travaux qui pourraient rivaliser avec les palais les plus somptueux, avec les temples les plus magnifiques de l'Égypte.

« Les monuments les plus délicats de l'archi-

tecture gothique, dit un naturaliste éminent, ne
sauraient donner une idée du degré de légèreté
que ces fourmis communiquent à leurs édifices. »
Hubert a vu des fragments de bois ayant de
huit à dix pieds de longueur sur autant de hauteur, et qui étaient aussi minces que du papier.
Ils contenaient néanmoins des appartements qui
présentaient une physionomie singulière. Une
circonstance particulière dans l'architecture de
ces fourmis, c'est que tout le bois qu'elles
sculptent se trouve teint en noir, comme s'il était
passé à la fumée.

— Vraiment, père, tout cela est prodigieux !
s'écria Marguerite.

— Et si je te racontais, ma fille, l'histoire
des fourmis blanches, tout ce que tu sais sur
nos fourmis d'Europe ne te paraîtrait presque
rien.

—Oh ? dis-nous seulement deux mots de leurs
mœurs, je t'en prie.

— Ces fourmis que l'on nomme aussi *termites*,
ont un quart de pouce de longueur et font des
nids de douze à vingt pieds de hauteur, pouvant
contenir une douzaine d'hommes.

— Je n'ai pas oublié, père, qu'il y avait des
hommes qui mangeaient des hannetons et
autres insectes ; y en a-t-il qui se nourrissent de
fourmis ?

— Assurément, mon enfant ; et Smeathman
dit même, à ce sujet, qu'ayant parlé à plu-

sieurs gentlemen sur le goût qu'on trouve aux fourmis blanches et ayant comparé les avis, tout le monde est convenu que c'est un mets friand et délicieux.

— Et quel goût cela peut-il avoir ?

— L'un d'entre ces amateurs le comparait à la moelle de la canne à sucre ; un autre à de la crème sucrée et à une pâte d'amandes douces.

— Et que se passe-t-il dans les énormes maisons de ces fourmis ?

— Smeathman, qui, ainsi que je vous l'ai dit, mes enfants, a beaucoup étudié ces animaux, reconnaît dans ces petits États un roi, une reine, des soldats et des ouvrières.

Le roi et la reine ont subi leur dernière métamorphose, et chaque larve est appelée, si elle échappe à toutes les éventualités qui menacent son existence, à devenir roi ou reine à son tour.

Les ouvrières construisent d'abord une chambre, rudiment d'un nouveau nid ; elles y établissent le roi et la reine et se mettent ensuite à la confection de chambres nourricières, qu'elles groupent en cercle autour de l'appartement primitif, et où elles disposent les œufs. Ces chambres forment un labyrinthe et sont séparées les unes des autres par de plus petites chambres vides et des galeries qui les font communiquer. Ce labyrinthe atteint une assez grande hauteur et laisse au milieu un espace vide, autour duquel s'élèvent des arcades qui diminuent à mesure qu'elles se succèdent et vont se perdre dans les chambres nourricières.

— Quel aspect ces cités offrent-elles à l'extérieur ? demanda marguerite.

— On dirait, reprit M. de Baledent, une hutte surmontée d'un dôme servant d'abri et de forteresse. Les collines ainsi construites par l'industrie architecturale des fourmis blanches, continua-t-il avec Franklin, « s'annoncent toujours par une ou deux petites tours, qui s'élèvent du sol en forme de pain de sucre. A quelque distance de cette première tour, les architectes en élèvent d'autres ; ils accroissent ainsi le nombre des défenses avancées et les élargissent par la base, jusqu'à ce que leurs ouvrages intérieurs se trouvent couverts par ces tourelles. Lorsque le dôme se trouve achevé (et les tourelles servent comme d'échafaudages pour atteindre ce but), ils enlèvent les tours qui se trouvent au milieu. Ils laissent seulement les crêtes ou les cônes, qui, reliés entre eux, forment alors la couronne de la coupole. Puis, ils emploient de l'argile, soit pour bâtir des ouvrages intérieurs, soit pour élever de nouvelles tours, destinées à donner plus de hauteur au monticule. Lorsque l'ouvrage n'est encore qu'à moitié construit, il a déjà beaucoup d'élévation et de solidité. C'est une habitude commune chez les taureaux sauvages, de se tenir en sentinelles sur ces monticules, tandis que le reste du troupeau rumine à leurs pieds.

— Ces collines sont donc assez fortes pour
cela ?

— Certainement, répondit M. de Baledent.
« Quand elles ont atteint toute leur hauteur,
elles servent admirablement de belvédère.
M. Smeathman monta, avec quatre de ses
hommes, sur la crête d'un de ces monticules,
pour mieux voir un vaisseau qui était au large
en mer. »

— Et la reine, quelle grosseur a-t-elle ?

— Avant de pondre ses œufs, mon enfant,
elle pèse mille fois autant que le roi, et tous
deux restent dans leur chambre royale, tandis
que les autres veillent à la porte au salut de
leurs majestés. Et c'est autour de cet appartement que sont rangés les magasins et les chambres
nourricières. Mais ce n'est pas tout ; il y a aussi
des escaliers, des ponts, des arcades, des galeries, des rues même, dans lesquels chemine le
peuple.

— Ces fourmis doivent être bien à craindre ?

— Assurément, répondit M. de Baledent ; car
elles ravagent les arbres et les maisons, détruisent
les meubles et les marchandises. Inutile même
de serrer ses mets dans des garde-manger ; car
ces destructeurs infatigables répandent dessus
une substance particulière qu'ils sécrètent, et les
fils de fer de ces cages ne résistent pas à leur
action.

— Et comment, s'écria Marguerite effrayée,

comment combattre ces redoutables ennemis ?

— Il est un animal mammifère, reprit M. de Baledent, le fourmilier, qui les saisit merveilleusement avec sa langue gluante, et les avale sans autre forme de procès. Sans lui, les habitants du Sénégal seraient bien à plaindre.

Déjà deux mois s'étaient écoulés depuis l'arrivée d'Émile, et le moment de la rentrée au collége approchait.

Toutefois, il allait y retourner sans répugnance; car il avait appris, dans les entretiens de son père, à aimer le travail et l'étude.

Il avait appris aussi dans la contemplation de la nature à admirer l'auteur de toutes choses ; il avait compris la vérité de ce précepte : la nature révèle Dieu.

Et quand sonna l'heure où il fallut atteler le cheval au cabriolet et gagner le chemin de fer, il remercia son père de ses bonnes leçons, et, lui sautant au cou :

— Je puis, grâce à toi, lui dit-il, me prédire le prix d'histoire naturelle, à la fin de cette année.

FIN.

TABLE

FIN DE LA TABLE.

Abbeville. — Imp. Briez, C. Paillart et Retaux.

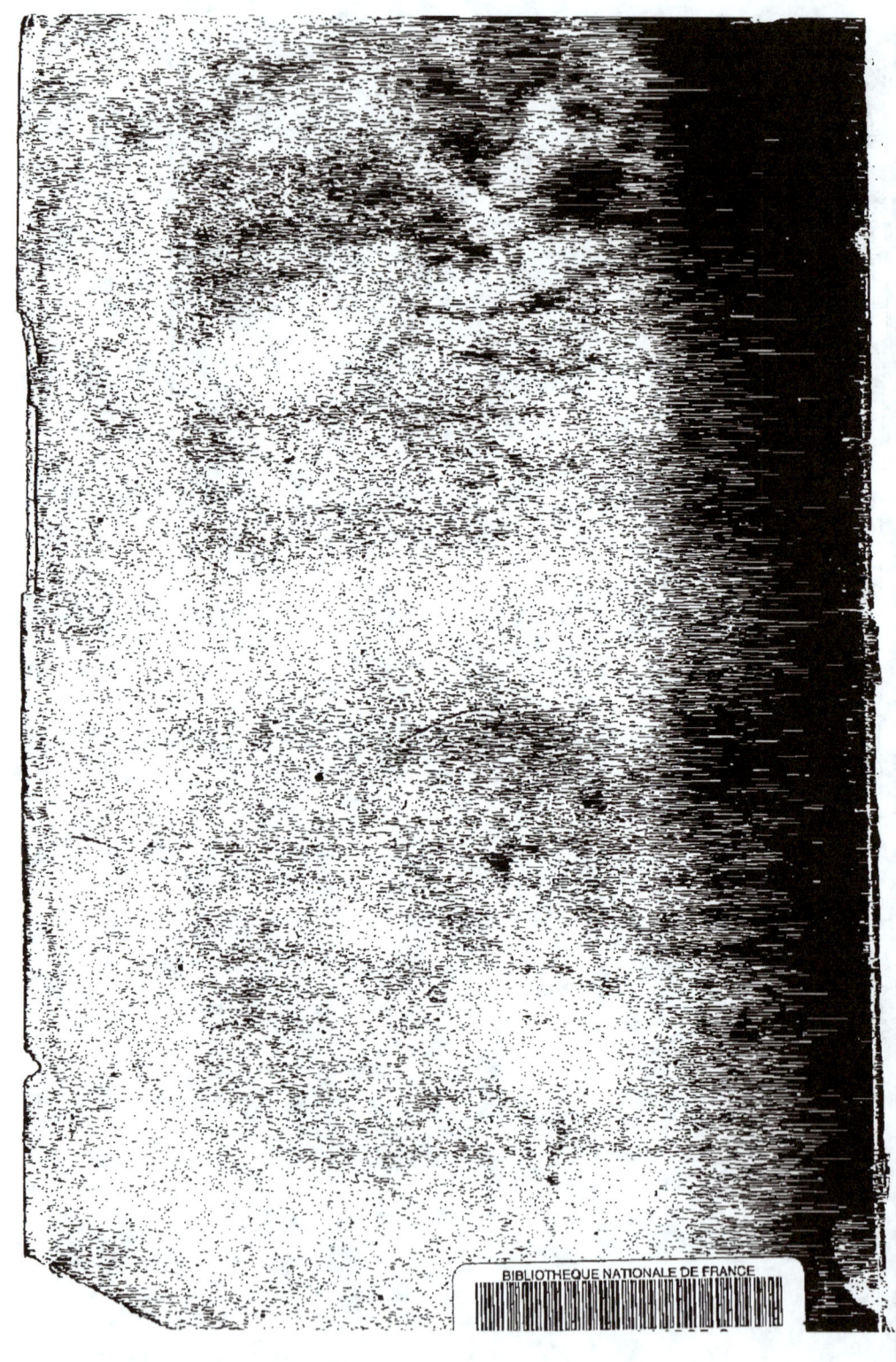

www.ingramcontent.com/pod-product-compliance
Lightning Source LLC
Chambersburg PA
CBHW071230260626
47162CB00004B/1497